2.25

L'AMANTE ANGLAISE

MARGUERITE DURAS

L'Amante anglaise

Edited with an Introduction and Notes by

H. F. BROOKES, B.A.

and

C. E. FRAENKEL, Dr. Phil., l.ès.l.

HEINEMANN EDUCATIONAL BOOKS
LONDON

Heinemann Educational Books Ltd
LONDON   EDINBURGH   MELBOURNE   AUCKLAND   TORONTO
SINGAPORE   HONG KONG   KUALA LUMPUR
IBADAN   NAIROBI   JOHANNESBURG
NEW DELHI   LUSAKA

ISBN 0 435 37250 5

Published by
Heinemann Educational Books Ltd
48 Charles Street, London W1X 8AH
Printed in Great Britain by
Fletcher & Son Ltd,
Norwich

Contents

Introduction

IN 1949 a strange crime was reported in the French Press. A murder had been committed; various parts of the victim's body were found in railway goods wagons in different regions of France. The wagons had all formed part of trains which passed under a certain bridge, namely 'le pont de la Montagne Pavée', in the Department of the Seine-et-Oise. It was later disclosed that a murder had taken place at the home of a retired couple called M. and Mme Rabilloud, living in rue de la Paix, Savigny-sur-Orge, near Epinay in the Seine-et-Oise. Mme Amélie Rabilloud, aged fifty-one, had killed her husband one evening while he was sitting reading and had disposed of his body in the railway trucks. At her trial she was so ably defended by Maître Floriot that she was sentenced only to five years' imprisonment. The trial ended without any motive for the crime having been established.

Marguerite Duras, the author of the novel under consideration, *L'Amante anglaise*, was for a time a crime reporter on the newspaper *France-Observateur*.[1] Intrigued by an apparently motiveless murder, she pursued in her own mind possible reasons why Amélie should have killed her husband. She also wanted to find out what the murdered man was like. One means to this end was to write a play. In *Les Viaducs de la Seine-et-Oise* as it was entitled, the murder victim is a deaf and dumb cousin who has been living with a married couple. The play was published in 1960, first produced in Paris at the Poche–Montparnasse Theatre in 1963 and in England at the Yvonne Arnaud Theatre in Guildford in 1967.

[1] Harold Hobson, 'Nothing but the truth', *Sunday Times* 29 Jan. 1967, p. 45.

However, Marguerite Duras was not satisfied with her play and withdrew all rights to further publication or performance of it. 'Comme on me les demandait en Angleterre, j'ai décidé de les reprendre.'[2] She was still fascinated by the human mysteries lying behind the motiveless murder and tackled the subject again in novel form. It was published in 1967 as *L'Amante anglaise*. It was soon adapted as a play and produced in Paris at the Salle Gémier—Théâtre Nationale Populaire in 1968 and in London at the Royal Court Theatre during a visit by the Compagnie Renaud-Barrault in 1969. *L'Amante anglaise* was translated into English and added to the considerable list of her books now available to non-specialist readers. So Marguerite Duras' name is beginning to be more widely known in the English speaking world.

'Duras' is her pen name. She was born 'Donnadieu' near Saigon in 1914. Her father came from the Bordeaux region, her mother from Flanders. He was a teacher of mathematics, she was a primary school teacher. They both applied for and were appointed to teaching posts in Indo-China. Unhappily, M. Donnadieu died when his daughter Marguerite was five years old. Her mother was left to look after three children, a girl and two boys. They returned to France to live in the Dordogne for two years before once more emigrating to Indo-China.

Mme Donnadieu decided to invest her savings in the purchase of a plot of land from the Colonial Administration which proved to be somewhat corrupt. In her innocence she had omitted to bribe the officials concerned with the transaction, so she discovered that the land allotted to her consisted of a salty sand on which nothing would grow. It meant financial ruin for the family. The superhuman struggle with nature and the injustice and unfairness of the human operations left a deep impression on Marguerite Duras; the Indo-Chinese experiences formed the basis of her novel, *Un Barrage contre le pacifique* (1950).

[2] Claude Sarraute, 'Entretien avec Marguerite Duras. *L'Amante anglaise* ou la chimie de la folie'. Propos recueillis par Claude Sarraute. *Le Monde* no. 7445, 20 Oct. 1968, p. 12.

When she was nineteen years old she went to Paris and worked for her 'Licence de droit'. She also studied political science and mathematics. She published a novel in 1942 called *Les Impudents* which she has since withdrawn so that her first publication must now be said to be *La Vie tranquille*, 1944.

During her student years Marguerite Duras joined the Communist Party. Although she was expelled in 1950, she still considers herself as committed to Communist principles. It is not easy to find any reflections of her political convictions in her writings until one comes to her most recent novel to date, *Abahn, Abana, David*, 1970.

The bibliography of works by Marguerite Duras on p. 139 demonstrates that she is a prolific writer. Obviously, over a period of almost thirty years, there must be development. However, it would seem to be unnecessary to an understanding of *L'Amante anglaise* to explore this development. The author herself has set the reader of her novel the task of working on the text. The book, though printed, is still in the making. It displays the relevant material but the reader is expected to participate in the 'writing' of the final version of the account of the crime. The actual detection of the crime was easy. Only the victim's head remains to be discovered. The facts of the case are well established: justice can take its course. But Marguerite Duras is deeply concerned by the inability of anybody, including the murderess, Claire, herself, to discover or at least to make explicit, the motive or motives for her action. Nor does the interviewer in the book succeed in helping Claire to analyse her thoughts adequately to bring her—or the reader—to a complete understanding of her action. The questions put to Claire, together with her answers, do not add up to a coherent, ordered explanation of her crime: 'Elles sont séparées' (p. 112). The interview with Claire—and the novel—end with her desperate appeal that the reader and the interviewer should go on listening to her: 'Ecoutez-moi' (p. 129).

Some readers may find this open, unresolved ending

unsatisfactory; many will feel as intrigued as the author is, and want to penetrate to the heart of the crime. It would be presumptuous to offer a definite answer. Questions are bound to remain unanswered even after a detailed study of the relationships between the participants in the drama, but detailed study may lead to a consideration of human relationships in general and to the problem of motivation to action. Why *do* human beings behave as they do?

Let us consider, first, the relationship between Claire and Marie-Thérèse. It does not appear to have been acrimonious. It does not of itself seem likely to have led Claire to murder her cousin. Perhaps it would be more accurate to speak of a vacuum, of a lack of any true relationship between them. Why, then, should a murder have been committed?

The failure of communication between the cousins has nothing to do with Marie-Thérèse's physical disability, with her being deaf and dumb; there was a similar lack of communication between Claire and her husband. Claire saw both Pierre and Marie-Thérèse as belonging naturally to what she called 'l'autre côté', to the majority of people whom she despised. 'They' are the people who live superficially contented lives and talk in clichés without any profundity. But for her disability, Marie-Thérèse would have been the queen of 'them', of the people on the other side, in opposition. Claire considered it pointless to try to communicate with them. She hated their very voices. In a way their otherness provided her with a stimulus. She separated herself from them and indulged in her own wandering thoughts which occupied her for hours. She never tired of sitting, thinking her own thoughts, withdrawing more and more into herself, hating to be interrupted or even to be called to meals. So it was that the smell of the everlasting 'viande en sauce' coming from the kitchen, announcing the impending meal to be eaten in the company of Marie-Thérèse and Pierre, came to represent to Claire everything she disliked. Both her companions ate with a hearty appetite, so obviously enjoying the rich, greasy food.

Claire was disgusted. There were moments when the presence of her cousin in the house became unbearable, when she felt a strong physical revulsion from Marie-Thérèse. Claire was aware of the subjectivity of her reaction but sometimes it brought her to the point of actually vomiting. Claire rightly believed that 'Ç'aurait été une autre qui aurait dormi ou mangé comme elle (Marie-Thérèse), je ne l'aurais pas supporté mieux' (p. 101). It would be wrong, therefore, in her opinion to conclude that she detested Marie-Thérèse as an individual; she did not. Yet the physical revulsion which Claire felt from all that Marie-Thérèse embodied, may have been one of the impulses which set the 'machine infernale' going on the night of the crime. Claire habitually wandered about the house at night. Her cousin's door was always open. On the night of the crime, having gone to see whether Alfonso, the labourer who lived in the wood, was with her, Claire found Marie-Thérèse sleeping peacefully with her back turned to the door. Most likely she had no preconceived notion of killing her cousin, even had Alfonso been there. But something powerfully elemental, an accumulation of past experience and repressed feelings, must have triggered her into action.

Yet, what made Claire dream in the past that she had killed not only Marie-Thérèse but also everyone with whom she had lived, including her lover, the 'Agent de Cahors', each in turn? How did Pierre come to dream of killing Marie-Thérèse and then realize that he was murdering the wrong person? Whom did both Claire and Pierre subconsciously wish away? As the interviewer comments to Pierre: '. . . vous n'avez pas dû commettre le même crime, votre femme et vous—à travers Marie-Thérèse—que ce soit en rêve ou en réalité. Vos véritables victimes devaient être différentes' (p. 63). To what extent was Pierre right to acknowledge suddenly (p. 87) that it was he whom Claire should have murdered, if indeed she was bound to murder somebody eventually? Would a psychologist, analysing Pierre's dream, read into it his subconscious desire to be rid of Claire?

At the café Le Balto during the theoretical reconstruction of the crime, the police inspector put forward the idea that it might possibly have been committed not because the murderer detested the victim or even hated himself but simply '... parce qu'on était ensemble dans une situation commune peut-être trop immobile, et qui durait depuis trop longtemps, pas une situation malheureuse pour autant, non, mais fixé, sans issue, . . .' (p. 35). Before being able to judge whether the inspector was right in his assessment, before attempting to answer the questions raised about the origins of Claire's and Pierre's dreams, it is necessary to try to understand what kind of man Pierre was and what rôle he played in Claire's life.

In her 'Programme Notes' to the performance of *L'Amante anglaise* in Paris, Marguerite Duras describes Pierre as 'fourbe, jésuite, de la graine de député de droite . . .'[3] The reader may not agree with Marguerite Duras that there is a necessary connection between Pierre's behaviour and the shade of political opinion he holds; nevertheless he may not find Pierre a particularly likeable person. Pierre tries to create an image of himself as clever, educated, well-informed, politically aware. Unfortunately his way of speaking in generalizations and clichés reveals the hollowness of the man. He is anxious to appear conventionally correct in outward appearance, subscribing to accepted bourgeois morality, yet claiming to be broadminded when occasion demands. As far as possible he conceals his true nature from those who come into contact with him. He carefully avoids acknowledging even to himself anything that might threaten or disturb the outward calm of his home in which his creature comforts are so well cared for. He avoids anything which would oblige him to face unpalatable truths. Consider his admission on being questioned about not enquiring further into Marie-Thérèse's unexpected departure from Viorne: 'Je n'ai pas cherché à savoir toute la vérité' (p. 56). This is typical of his attitude in general and shows why he could live for years with Claire without making

[3] B. Poirot-Delpech, *L'Amante anglaise* by Marguerite Duras. *Le Monde* no. 7448, 24 décembre 1968, p. 19.

any conscious effort to get to know and understand her. In the early days of their marriage when he was in love with her, his self-centred nature prevented him from seeking anything in her other than the fulfilment of his physical desire for an attractive woman—which Claire was and, in a way, still is. Pierre cannot be blamed that Claire lied to him about her past but later, when he discovered her complete indifference to him, he lost all interest in her and was only too ready to accept the advantages of the situation, an unrestricted private life coupled with all home comforts. The gradual discovery of a certain strangeness in Claire's behaviour only seems to have worried him seriously when he felt his domestic arrangements were likely to be upset. By then the only way out of his responsibilities would have been for Pierre to have Claire committed to an asylum. To be fair to Pierre, however, we must acknowledge that during his interview he shows some insight into his wife's character—by hindsight—and he concedes implicitly that she may be intrinsically a more valuable human being than he himself is.

Claire's integrity and intensity of feeling, her perceptiveness of human nature, enabled her to live in isolation, thrown back upon her own resources. The unfailing well-spring of her life was her love for the 'Agent de Cahors'. 'Que cet amour ait cessé dans ses manifestations est secondaire'.[4] Her love for the policeman never ceased to give her happiness: 'il a débordé sur toute ma vie' (p. 107). The lovers she had had during the two years before her marriage, Pierre himself, meant nothing to her. The only man who might have been able to recreate and reattach her capacity for love, thus exorcising the hold which the memory of the 'Agent de Cahors' had on her, was Alfonso. 'La Traviata' represented symbolically her connection with the two men, just as the two words 'Alfonso-Cahors' appeared on the wall of the cellar where the murder-victim's body was dismembered and on the parts of the corpse.

[4] M. Duras 'Je cherche qui est cette femme' Interview in Programme Notes in Complete Text of *L'Amante anglaise* at the N.T.P. Dec. 1968.

Claire's obsession with a past love is paralleled in other works by Marguerite Duras. The main female characters both of the film *Hiroshima mon amour* and of the novel *Lol V. Stein* have lost the man with whom they have been deeply in love. Both marry another man but their relationship with their husbands remains on a different level. They continue to be completely involved with their past love which is effectively hidden or, at most, shows itself as with *Lol V. Stein* in mental disturbance. Both women meet after many years a man who alone can release the old love locked away in their hearts, the one man who can enable them to relive the past in one moment of time, to exorcise the ghost of the past. Unhappily Claire was not given this help by Alfonso. One night, twelve years before the crime was committed at Viorne, she waited for Alfonso to come to her: 'On aurait repris l'amour, Cahors, ensemble, mais il n'est pas venu' (p. 116), so she relived her past happiness in her dreams without ever being able to make it real again or even mentioning it to anyone. Now, during the interview and since the crime, people began to show interest in her but 'Maintenant c'est trop tard, trop loin, trop tard' (p. 108). Even if it might be said that Alfonso failed Claire in the last resort, he made life bearable for her. There was a deep understanding between them, though they did not say much to each other, according to Claire. Alfonso was not articulate and, indeed, no-one was able to learn anything about Claire from him during the investigations.

Robert Lamy, the proprietor of Le Balto café, is the only relatively uninvolved person in a position to see the 'actors' in the novel from the outside. But his assessment of the situation is hampered on his own admission by an insufficient knowledge of Claire. She had never interested him as a woman. She was just a customer who sometimes told long rambling stories which seemed incomprehensible to him. But Robert liked Alfonso and realized the latter's fondness for Claire and his understanding of her. Robert preferred to trust Alfonso's judgement of the situation rather than his own. It should be remembered that

Alfonso was a simple inarticulate woodcutter and agricultural labourer. If he remains a shadowy figure to the reader of the novel, nevertheless he was a manifest personality endowed with human qualities which inspired confidence and trust in the people who met him. Alfonso's occasional remarks about Claire induced Robert to modify his conviction that she would become increasingly insane.

Discussion of the vital question of Claire's mental state has been deliberately reserved until this stage. In the novel her sanity, or lack of it, constantly concerns the participants in the drama, friends, relations and detectives alike. Pierre states that she is, and always has been, mad (p. 83). He claims that only Claire's great physical attractions prevented him, when he first knew her, from seeing 'son caractère tellement bizarre, sa folie' (p. 70). Originally he was infatuated with her. As time went on—twenty-four years to date—he learned to keep an eye on her. It is understandable, then, that he should be nervous and watchful when Claire takes part in the conversation at Le Balto. The feeling of mounting tension which is noticeable on the play-back tape is rightly attributed by Robert to a fear 'que le policier s'aperçoive qu'il y avait là une femme un peu folle' (p. 45); the last words, 'un peu folle', express Robert's own rather hesitant admission of Claire's strangeness.

Although Claire herself is probably unaware of the tense atmosphere in the café, she shows an immediate interest in certain aspects of the crime. Her two important interventions in the conversation are concerned with possible conclusions about the mental state of the murderer which could be drawn from the crime. Is she herself forced to conclude that she is mad? There were moments when she was aware of not being sane, moments when she felt on the edge of madness, others when she stoutly affirmed that she was sane. There are occasions, especially at the end of her interview, when she makes shrewd use of her suspected madness. But there is no doubt that she is mortally afraid of being declared insane and sent to a mental hospital. She felt there was a threat that she would be removed from her domestic surroundings. So she says: 'J'étais toujours prête, la chambre aussi . . . je pouvais aller dans le jardin, aucune trace derrière . . . Si quelqu'un était venu me chercher, si j'avais disparu, . . . on n'aurait rien trouvé derrière moi, pas une trace spéciale, rien que les traces pures' (p. 114). Now, it may be that Claire still clings to the hope of salvation from someone, be it the 'Agent de Cahors', Alfonso or a man unknown, someone who would come and rescue her; on the other hand, she must realize that her mind is unbalanced and that 'they' may come and fetch her away. In either circumstance she is obsessed with not wishing to leave a trace of her existence behind. It is as though she wants to obliterate herself in her past life, just as she obliterated Marie-Thérèse. Claire lived in a strange world of her own in which she confused reality, imagination and sheer phantasy.

Further evidence of her strangeness can be found in her reported acts of destruction and of concealment, whether successfully accomplished or not. Such actions may denote frustration but it is possible that Claire also attempted through violent action to prevent news of her crime reaching her husband and herself; she may have thrown her glasses and Pierre's down the well, and the radio and television set, too, to this end. On the principle that, what you do not know, does not exist, Claire may have hoped to dissociate herself from the murder. Her mind worked according to her own very simple system of logic and, though some of her arguments have the charm of complete truthfulness and lack of sophistication, her naïveté is exaggerated to the point of insanity.

The core of Claire's tragedy lies here. She may have been born with a predisposition to mental disorder but she was also endowed with a capacity for an intense emotional life. Deep feeling was aroused in her by the 'Agent de Cahors'. When he no longer wished to continue the relationship, Claire was unable to live on a superficial level with him or anyone else. She withdrew more and more into her own world which allowed her mental illness to grow progressively worse. Claire was aware of the incompatability between her inner life, her relationship with her husband and the external world. She was also aware of the dangers inherent in their diversity but her mental illness and limited intelligence prevented her from acting in any way to avoid the dangers. There seemed to her no possible way of escape (p. 35). Such hopeless situations can sometimes lead to an irruption of violence triggered off by some obscure, unimportant stimulus. Claire's unbalanced state of mind could well ensure that the little matter of noticing again the mark on Marie-Thérèse's neck which had already previously disgusted her, aroused Claire to irrational violent action.

Claire killed Marie-Thérèse but, as was suggested earlier (p. 5), the question is, did she really wish to kill her cousin or did she intend to kill her husband by proxy, as it were? Pierre himself came to think so and it is a view supported by Marguerite Duras herself in an interview with Claude Sarraute.[5] However, it would seem to be too simple an explanation. 'Elle (Claire) a tué la mort même', says Marguerite Duras in another interview ('Je cherche qui est cette femme'). To Claire living a petit bourgeois life married to Pierre for twenty-four years, which seemed like one long, long, uneventful, empty day, life was indeed like death. Time seemed like sand on which no imprint remained. Perhaps, as Marguerite Duras suggests (communication with the editors), Claire gradually associated Viorne, where she lived for twenty-two years, with 'L'île des Sables' which she imagined to be the place where 'la menthe anglaise' grows (p. 66). 'La viande en sauce' was the symbol of everything Claire hated. 'La menthe anglaise'—a slender plant with a fishy smell—became the symbol of everything she valued. She would like to know how to keep the plant alive, even in winter, 'verte, si verte', just as she would like to keep her true, loving self alive. But it seemed impossible. When Claire wrote 'l'amante en glaise' it was not only her spelling which was muddled. She

[5] Claude Sarraute, op. cit.

herself had become disorientated. She identified with the plant; she, the lover of the 'Agent de Cahors', was 'l'amante en glaise', 'in clay', solidified, buried, with her roots fixed in the unfriendly cold soil of bourgeois society. Marguerite Duras, in her search for the motives of the murderess of the actual crime of Savigny-sur-Orge, has created a moving and tragic story about a woman possessed of a great potential for human understanding and love, who was driven to the edge of madness and to murder by a lack of communication with or help from her fellows. In order to appreciate Marguerite Duras' achievement it may be useful to consider her first version of the story, the play *Les Viaducs de la Seine-et-Oise*, subsequently disowned by the author.

In *Les Viaducs* Claire does not herself kill Marie-Thérèse, she persuades her more able-bodied husband Marcel to do so. Claire and Marcel are sixty-five years old and slightly senile; he is a retired railway employee. They spend the first act in a rather futile conversation, discussing the reasons for having committed the crime—which elude them—and speculating about their fate and life in general. They decide to go to the local café for a drink. The second act takes place at the café where they join Bill, the owner, Alfonso and two detectives who assume the rôles of 'l'amoureux' and 'l'amoureuse'. Some comments are made about the murder and soon the old couple are compelled by some inner force to recount the story of the crime. At first they speak as though they were imagining the events but they are increasingly carried away and end up by revealing the truth in a state of exaltation. A detective stands everyone a glass of champagne and the play ends with Claire and her husband being handcuffed.

In *Les Viaducs* Claire and Marcel are concerned to discover for themselves what motives led them to commit their crime. None of the other characters gives them much help. The memories they recall and the observations they make turn up again in *L'Amante anglaise*, demonstrating the importance Marguerite Duras attaches to the motives as springs for action. However, in the novel the indications of Claire's motives and of her psychological make-up are developed in greater detail and are more balanced. In *Les Viaducs* Claire makes odd references to Marie-Thérèse's good cooking. She specifies the dish 'ragoût de viande'. Of Marie-Thérèse she remarks that she resembled 'un boeuf', that she was 'si à l'aise dans son malheur de sourde'. In *L'Amante anglaise* the dish is symbolically the much disliked 'viande en sauce' counter-balanced by the symbolically much loved 'menthe anglaise'.

Compare also the significance of time to Claire in the play and Claire in the novel. In *Les Viaducs* time means long hours to be filled, to be lived through by her. 'Que faire de tant de temps, encore et encore?' (pp. 82, 103). Claire wonders whether on one of those boring days the idea of killing someone might not take root in the mind, growing out of all proportion until the prospect of a 'happening' became an obsession: at least she and Marcel would acquire notoriety belatedly if they escaped from their proper conventional bourgeois life via a crime. 'Pourquoi? Le temps, sans doute, qui doit être occupé coûte que coûte' (p. 114). In *L'Amante anglaise* the significance of time to Claire is different. Years ago she experienced the fullness and intensity of living during her love-affair with the 'Agent de Cahors'. She retains her deep abiding love for him and contrasts the emptiness of her subsequent life with Pierre. Time for Claire is measured by the richness or poverty of living, judged by reference to her one period of happiness.

Two further developments in the novel as compared with the play are interesting. In her work of recreation Marguerite Duras has explicitly introduced into the novel the theme of Claire's insanity. She has also shifted the emphasis from things in *Les Viaducs* to people in *L'Amante anglaise*: in the play the trains could be heard thundering under the viaduct at frequent intervals. In the novel, through the medium of tape-recorded conversation, human personalities are the focus of interest.

L'Amante anglaise? 'Pourquoi ce titre?' asks Claude Sarraute (*Entretien avec Marguerite Duras*); and so, too, will most readers.

By now they will probably have grasped the point which Marguerite Duras makes in her reply: 'Il s'agit de la menthe, de la plante, ou, si vous préférez, de la chimie de la folie.' And in a communication to the editors she develops the interpretation thus: 'Par la déformation du mot, Claire s'approprie la chose à elle. Elle aime encore. Quoi? Cette plante, *ce mot qui agit* (interaction)'. Whereas the English translation of the novel retains the original French title, as does also the French stage version, the U.S.A. production is entitled *A Place without Doors*. The reference is to Pierre's comments on Claire's inability to learn or to retain anything. 'Elle fait penser à un endroit sans portes où le vent passe et emporte tout' (p. 68). This is another aspect of Claire's mental state and denotes the importance which the author attaches to it.

Claire in *L'Amante anglaise* is not the only character created by Marguerite Duras in which the elements of madness are at work. She wrote two novels between the first and second versions of Claire's story, *Le Ravissement de Lol V. Stein* in 1964 and *Le Vice-Consul* in 1966. Her interest in and concern for people who show signs of madness as the result of living through certain experiences is shown in these novels, too. Furthermore, one of the author's 'activités littéraires autour de l'écriture' consists of interviewing for television or newspapers; and the people who most fascinate her when she interviews, are 'les prostituées, les fous, les criminels'.[6] Marguerite Duras' concern is primarily with people who have difficulty in adapting to the conventional life of society. She is not merely curious, she is intensely sympathetic. She feels for the outcasts, the outsiders; possibly, like Peter Morgan, the fictitious author of *Le Vice-Consul*, Marguerite Duras 'désire prendre la douleur . . . , s'y jeter, que ce soit fait, et que son ignorance cesse avec la douleur prise'. In Peter Morgan's case he assumed the suffering of the poor of Calcutta. He saw

[6] Hubert Nyssen, 'Marguerite Duras, un silence peuplé de phrases.' Propos recueillies et commentés par Hubert Nyssen. *Synthèses*, Aug./Sept. 1967, nos. 254/55. Paris–Bruxelles, p. 50.

their suffering embodied in one of the mad women sleeping among the lepers on the banks of the Ganges: she knew only one word, 'Battambang', the place where her youth was spent far away in Siam. She had been forced by her parents to leave it when they found out that she was pregnant. For ten years she wandered, enduring unmitigated physical and mental suffering, until she reached Calcutta. All memory of her past and of herself as a person had gradually been destroyed until she completely lost her sense of identity.

Loss of personal identity after receiving a profound shock is one of the most striking aspects of an unbalanced mental state which Marguerite Duras succeeds in conveying. In *Le Ravissement de Lol V. Stein* the shock of seeing her fiancé leaving her for ever and walking off with another woman causes a disintegration of Lol's being which continues for many weeks. Then, like Claire in *L'Amante anglaise* Lol marries the first man who asks her. She apparently lives a peaceful, happy life with her husband and children. But there is something strange about Lol. She succeeds in eliminating any marks of personal identity from her surroundings. For example, her house and garden are deliberately furnished and laid out to resemble an 'average', ordinary, commonplace household. 'Un ordre rigoureux' (p. 37) in Lol's first house, and 'le même ordre glacé' (p. 39) in her second house, recall Claire's insistence on keeping her room tidy, always ready (p. 114). The question is whether Lol and Claire both want to obliterate indications ('les traces') of mental disarray by over-emphasizing physical orderliness; or whether this insistence on order in house or room expresses the subconscious desire for tidiness in the mind, for an ordering of past dislocations. Claire spends long hours in the garden, thinking; Lol goes for long walks. 'Elle recommence le passé, elle l'ordonne, sa véritable demeure, elle la range' (*Le Ravissement de Lol V. Stein*, p. 51). It seems improbable that Marguerite Duras considers that either Claire or Lol could ever be fully restored to mental health. There are other aspects of their behaviour which show the extent of their derangement. Both have strange phantasies. They hear the sounds of people being beaten at night (*Le Ravissement* pp. 217, 218, *L'Amante anglaise* p. 121). They are liable to make incongruous remarks which make their respective husbands so uneasy that neither of them cares to invite his friends to the house.

Another aspect of madness which Marguerite Duras indicates in her deranged characters is the cutting of communication between the insane and other human beings which leads to a state of despair. It is not only Claire's limited intelligence and lack of education which isolate her. The ex-Vice-Consul of Lahore suffers equally from isolation. He has had to leave his post because of his extraordinary behaviour. He is waiting in Calcutta for a decision on his future and he feels deprived of all human contact. 'C'est la solitude infernale' (p. 192). It is possible that if some man or woman had paid sympathetic attention to the earlier indications of inner tension and frustration in Claire and the Vice-Consul, their final violent, murderous outburst might have been averted. Claire drew attention to her anguish by smashing china, the Vice-Consul by repeatedly shattering mirrors. The Vice-Consul reached the limits of endurance in the particularly enervating climate of Lahore. The signal for his approaching breakdown was that he could be heard shouting from his balcony (p. 96) during the night. The next stage was that he began to fire shots 'la nuit sur les jardins de Shalimar où se réfugient les lépreux et les chiens' (p. 94). He had become a murderer.

A note of caution should be sounded at this point. While it was necessary to trace certain aspects of madness in three of Marguerite Duras' novels, her view of madness is not the most absorbing interest in any of them. It forms one of the components in complex human situations and as such is important. But her conception of the part which potential mental instability plays cannot be applied as a formula for the wholesale resolution of all the many uncertainties left in the reader's mind at the end of the novels.

Uncertainties and inexplicable events are part of the life of Duras' characters. Talking in an interview (with A. Bourin in 1959[7]) about an earlier novel, *Moderato Cantabile*, Marguerite Duras admits that the two main characters were unable to explain their mutual attraction for each other, coming as they did from such different social backgrounds; what is more, she herself cannot explain it. And she adds: 'Que voulez-vous, il n'y a pas seulement de la clarté.' Even the author is not omniscient. Such an attitude is not uncommon among French novelists of the 1950's and '60's. It has come to be associated with 'Le Nouveau Roman'.

It must not be thought that writers generally associated with the term 'Le Nouveau Roman' had ever agreed upon a common programme. Nor did the existentialist writers of the late 1930's and '40's, such as Sartre and Camus: 'l'Existentialisme' is a term much used and equally loosely defined. But is is possible to detect in a sufficient number of novelists publishing during the 1950's and '60's a similarity of attitude to warrant attaching the label 'Le Nouveau Roman' to their novels. The best-known names, listed in chronological order with examples of their work, are: Nathalie Sarraute, born in 1900, published *Tropismes* in 1938 and a new edition with five new texts in 1958; Alain Robbe-Grillet, born in 1922, published *Le Voyeur* in 1955, *La Jalousie* in 1957; and Michel Butor, born in 1926, published *La Modification* in 1957. These writers responded to the critics' assessment of the state of French writing in the mid-'50's by expounding their own views. Their reasons for theorizing were three; to make a distinction between their respective creative writings, to protest against the critics' misunderstanding of their work, and to clarify some of their common aims. Marguerite Duras has not so far joined in the theoretical discussions of the 'Nouveaux Romanciers' though she admits that she shares their interest in experimenting. Chronologically she comes half-way between

[7] André Bourin, 'Marguerite Duras: Non, je ne suis pas la femme d'Hiroshima.' *Nouvelles Littéraires*, 18 June 1959, p. 4.

the chief literary exponent of French existentialism, Jean-Paul Sartre (born in 1905), and the younger 'Nouveaux Romanciers'. In actual fact there is no sharp line dividing the two movements; the writers of the 'Nouveau Roman' called for even more radical change than the existentialists had succeeded in achieving, and they proclaimed their theories even more vigorously. What these theories were can only be discussed here in relation to *L'Amante anglaise*, in so far as they throw any light upon the novel.

During and after the Second World War thoughtful people were becoming increasingly disturbed by the way in which the world was developing. The old values of religion and morality, for example, no longer seemed to apply. The idea of a purpose in life was less acceptable. Already before the war writers like Sartre and Camus had been terrifyingly aware of the absurdity of a meaningless existence: they had struggled to find some way of expressing the significance of an individual's existence derived from his human condition. But by the 1950's this search seemed pointless; statements about the world being absurd or significant had no meaning. 'Le monde est cela que nous percevons.' And since this was so, 'Il s'agit de décrire et non pas d'expliquer ni d'analyser'. Thus wrote Maurice Merleau-Ponty (1908-62) in *Phénoménologie de la Perception*[8] in 1945. Together with another philosopher, Gaston Bachelard (1884-1962), he heralded the new approach to facing the complexities and uncertainties of life.

Even if the 'Nouveaux Romanciers' were not enquirers after metaphysical truth, they did seize upon the idea that the world is what we perceive. This meant that their writing rests upon what we receive through the senses. They tried to describe life just as it happens, as a bombardment of stimuli upon the individual. The characters in their novels, plays or films must, naturally, make a certain selection among the stimuli they will respond to, and the selection is described. But the author must refrain from imposing an artificial effect of clarity and order upon the lives of his

[8] Maurice Merleau-Ponty, *Phénoménologie de la Perception*. Gallimard 1945, Avant-propos pp. II, XI.

characters. The 'Nouveaux Romanciers' therefore refused to follow the tradition of creating characters which can be neatly analysed as individuals and types. They were aware that human beings are often uncertain about who they are, about their personality, and hence uncertain about the rôle they are playing in life; they are uncertain whether they are operating at a conscious or a sub-conscious level. The Nouveau Roman is written, then, to shake the reader out of a complacent, accepting attitude to what he is reading. Human beings have doubts about the validity of experience, so have the writers and so should the readers have, too. The public must stop looking for a false reality, a neatly wrapped-up completeness, in works of fiction. Instead, it must learn to co-operate with the author in the completion of the work. As Marguerite Duras puts it on p. 23 of *L'Amante anglaise*, there is 'la part du livre à faire par le lecteur'.

The impression that the novel is incomplete and still in process of being created is also given by the device of using an 'internal creator'[9] who in *L'Amante anglaise* is the interviewer, 'le juge d'instruction ou plutôt l'écrivain', in Marguerite Duras' own words.[10] The internal creator enables the story to be told by the characters involved, to the extent which they wish to reveal themselves. In *Lol V. Stein* and *Le Vice-Consul* the internal creators act more as narrators who are careful to distinguish between reporting observed facts and filling in gaps in the information available, for example, by remarking: 'Ici, j'invente.'

In order to overcome possible ambiguity in a situation where the reporting of observation could be confused with invention, the authors of the 'Nouveau Roman' relied increasingly on dialogue in the novel: this may explain their admiration, especially on the part of Nathalie Sarraute, for Ivy Compton-Burnett's technique. With so much conversation, the difference between a novel and a play may become imperceptible: several

[9] John Scott Bratton, *The Novels of Marguerite Duras*. Columbia University 1968. Dissertation abstracte 29.
[10] Claude Sarraute, op. cit.

of Marguerite Duras' prose works have been performed on the stage without requiring any fundamental changes. She seems to have the same faith in the spectator's as in the reader's willingness to co-operate with the author in an on-going filling out of the work. Characters are not clearly defined, nor are they systematically or progressively introduced. There are conflicting statements made in *L'Amante anglaise* and occasional uncertainties as to the identity of the speaker, which confirms the opinion that Marguerite Duras shares the attitude of the Nouveaux Romanciers to what used to be called 'characterization'.

It is an attitude which the reader has to accept with an open mind with the ever-present question: 'Does the novel (or the play or film) *work*?' He also has to accept the lack of action in the Nouveau Roman and in Marguerite Duras' works, including *L'Amante anglaise*. Claire has killed her cousin and the Vice-Consul has fired his shots but the action happened before the novels begin. The interest derives from the circumstances in which the action took place. Nothing happens at the end of the novel, either: the reader is not presented with an enlightening, satisfying conclusion. The groping for an answer to why we behave as we do, to the uncertainties, continues.

Pierre A. G. Astier in an important and comprehensive analysis of *La Crise du Roman Français et le Nouveau Réalisme*[11] argues convincingly that the particular view of reality common to the Nouveaux Romanciers and to Marguerite Duras can be deduced from the images they use to describe reality. It may not be obvious that a wood, for example, or a beach, a labyrinth, a melody, are performing more than a representational function. A closer study confirms that they are symbols of ambiguous, vague, uncertain aspects of reality and a significant number of them occur in Marguerite Duras' novels. She seems also to have a particular fondness for sound images which sometimes run like a 'leitmotiv' through her earlier novels. In the play *Les Viaducs de la Seine-et-Oise*—precursor of *L'Amante anglaise*—the regular

[11] Pierre A. G. Astier, Nouvelles Editions Debresse, Paris 1968, p. 274 ff.

sound of trains thundering in the background imparts a sense of foreboding to the conversation on stage. Marguerite Duras remarks in an interview with Jean-Michel Fossey[12] that *L'Amante anglaise* is the first of her books in which music does not play an integral part. Yet the references in it to the opera, *La Traviata*, are significant, representing as they probably do, Claire's link with the 'Agent de Cahors' in the past and Alfonso in the present.

To return to the subject of images which represent the ambiguous aspects of reality in Marguerite Duras' works; consider the special significance in her later novels, for example *Détruire, dit-elle*, of a wood or a forest. It is pathless, mysteriously dark and vast, acting as an unconscious representation of all that cannot be understood and logically ordered in life. It would be wrong to ascribe to the forest, or any other image Marguerite Duras uses, too precise an interpretation, however: the poetic value of the image would thereby be destroyed. Similarly, it would be a mistake to try to define too precisely the 'meaning' of the garden to Claire in *L'Amante anglaise* for fear of misunderstanding its life-enhancing value to her. Even the title of the novel itself has its poetic content from which much may be gained once the reader gives up a desperate and vain search for a single definitive interpretation. In Marguerite Duras' novels the hopeless task of breaking through the barriers to human communication is at least apparently lightened by the quasi-poetic images she uses. In *L'Amante anglaise* there is an acceptance by all the characters of the fact of the impossibility of knowing each other in any profound sense. Indeed, Claire seems to wish to reserve her right to her own private world to the very end of the book. There is no suggestion that Marguerite Duras has an answer in any of her novels to the problem of human isolation which concerns the present generation, not only the writers.

Marguerite Duras has two other points in common with the

[12] Jean-Michel Fossey, Interview with Marguerite Duras. *The Paris Magazine*, Oct. 1967, no. 1, pp. 18–21.

Nouveaux Romanciers; the first is a sensitivity to the atmosphere created by a particular locality for certain people at a certain stage of their lives: *Hiroshima mon amour* depends for its success on this feeling. The second point is that she has not so far shown in her writings a commitment to a cause. It may be that the 'social passivity' shown in her novels connects Marguerite Duras more positively with the group of 'Nouveaux Romanciers' in contradistinction to Sartre and his 'littérature engagée'. In any case she would acknowledge more modest ambitions than his. It is true that her works deliver no message. But they are not merely sensitive descriptions of human situations written with a new awareness of the complexities of life: they are informed by an uncommon sense of compassion and provide striking evidence of the humanity of the author.

Any attempt to connect an author with a literary movement or his writings with the climate of opinion of the time runs the risk of overstressing what they have in common at the expense of what is truly original. *L'Amante anglaise* deserves to be read, studied and enjoyed in its own right without overmuch straining at making connecting links. It is a moving novel of the 1960's, well shaped and artistically satisfying. Marguerite Duras is an author whose further development will be awaited with interest.

H.F.B.

C.E.F.

Note to the Reader
In the following text the speeches of the 'interviewer' are printed in italics, those of the characters in the story are in roman type.

Postscript
Under the title, *The Lovers of Viorne*, Parts II and III were presented in English at the Royal Court Theatre, London, in July and August, 1971, with Dame Peggy Ashcroft as Claire Lannes.

I

— *Tout ce qui est dit ici est enregistré.*[1] *Un livre sur le crime de Viorne*[2] *commence à se faire.*

Vous avez accepté de raconter ce qui s'est passé à Viorne au café Le Balto *dans la soirée du 13 avril dernier.*

— Oui.

— *Il y a ici le double de la bande enregistrée à votre insu au* Balto *pendant la soirée du 13 avril. Cette bande rapporte fidèlement tous les propos tenus au* Balto *pendant cette soirée mais elle est aveugle et on ne voit rien à travers ce qu'elle dit. C'est donc vous qui devez mettre le livre en marche.*[3] *Quand la soirée du 13 avril aura pris, grâce à votre récit, son volume, son espace propres, on pourra laisser la bande réciter sa mémoire et le lecteur vous remplacer dans sa lecture.*[4]

— La différence entre ce que je sais et ce que je dirai, qu'en faites-vous?

— *Elle représente la part du livre à faire par le lecteur. Elle existe toujours.*[5]

Vous voulez bien dire qui vous êtes?

— Je m'appelle Robert Lamy. J'ai quarante-sept ans. J'ai repris le café *Le Balto* à Viorne il y a huit ans.

— *Avant la soirée du 13 avril vous ne saviez rien de plus sur ce crime que n'importe quel autre habitant de Viorne?*

— Rien. Je savais ce qu'en disait l'avis.

— *Efforcez-vous de faire comme si les journaux avaient cessé de paraître le 13 avril au soir.*

— Et si je n'arrive pas toujours à oublier ce que je sais maintenant?

— *Signalez-le au passage.*

Pour que le lecteur du livre se trouve dans votre situation par

*rapport à ce crime le soir du 13 avril nous commençons par enregistrer
l'avis à la Population de la Gendarmerie[6] de Viorne — lequel venait
d'être lu pour la troisième fois de la journée par le garde champêtre[7] sur
la place du Marché lorsque la soirée commence:*

*«Comme on l'a appris par la voie de la presse, des débris humains
viennent d'être découverts un peu partout en France dans des wagons de
marchandises.*

*«Le service médico-légal de la Préfecture de Police[8] a permis de
découvrir que ces différents débris appartiennent au même corps. A
l'exception de la tête qui n'a pas été retrouvée, la reconstitution du corps
a été faite à Paris.*

*«Le recoupement ferroviaire[9] a permis de découvrir que les trains qui
transportaient ces débris sont passés, quelle que soit leur destination,
en un même lieu, à savoir, le viaduc de Viorne.[10] Etant établi qu'ils ont
été projetés dans les wagons à partir du garde-fou de ce viaduc, il est
donc probable que le crime a été commis dans notre commune.*

*«La Municipalité, alertée, demande instamment à ses ressortissants
de joindre leurs efforts à ceux de la police afin que la lumière soit faite le
plus rapidement possible sur ce crime.*

*«Toute disparition de personne du sexe féminin, de taille moyenne et
de corpulence assez forte, d'un âge pouvant varier entre trente-cinq et
quarante ans devra être immédiatement signalée à la gendarmerie.»*

— Je connaissais donc Claire et Pierre Lannes ainsi qu'Alfonso
Rignieri.[11] Ils faisaient partie des cinquante personnes qui sont le
principal de ma clientèle à Viorne. Je connaissais aussi Marie-
Thérèse Bousquet, leur cousine. Elle venait quelquefois au café
en compagnie de Pierre et de Claire à l'heure de l'apéritif[12] ou le
soir tard avec des ouvriers portugais. Je la connaissais moins que
les autres bien sûr: elle était sourde et muette et ça limitait les
relations qu'on pouvait avoir avec elle.

Pierre et Claire Lannes venaient pratiquement chaque soir chez
moi, entre huit et neuf heures, après le dîner. Mais il leur arrivait
de rester plusieurs jours d'affilée sans venir, non pas nécessai-
rement parce que l'un ou l'autre était malade, mais parce qu'ils

n'avaient pas envie de sortir, que le moral était bas, qu'ils étaient fatigués.

Par discrétion, j'avais pris l'habitude de ne pas demander à Pierre pourquoi je ne les avais pas vus la veille ou depuis tant de jours. J'avais remarqué — il me semblait du moins — que Pierre n'aimait pas qu'on lui demande ce qu'il devenait, ce qu'il avait fait. Question de pudeur je crois.

Donc, le 13 avril, quand il est arrivé je n'ai pas demandé à Pierre pourquoi je ne l'avais pas vu depuis cinq jours.[13]

Il était huit heures du soir.

Le garde champêtre venait tout juste de lire l'avis — pour la troisième fois de la journée — là, sur la place. Je riais à cause du recoupement ferroviaire, je disais à Alfonso que je ne pouvais pas m'en empêcher quand Pierre est entré. Il était seul. Ça lui arrivait encore assez souvent de venir sans Claire, en rentrant du bureau il venait directement au *Balto*. On s'est dit bonjour. Je lui ai tout de suite demandé si lui, il aurait pensé au piège du recoupement ferroviaire. Il m'a dit qu'il n'en était pas sûr.

J'ai trouvé qu'il avait l'air d'être fatigué et qu'il était un peu négligé dans sa tenue — lui toujours si correct. Il portait une chemise bleue un peu sale au col. Je me souviens, je m'en suis fait la réflexion. Je me suis dit: tiens, qu'est-ce qu'il y a?

Depuis le crime il y a peu de monde le soir au *Balto*.

Nous étions cinq ce soir-là: Alfonso, Pierre, un homme et une jeune fille que personne n'avait jamais vus — et moi. L'homme lisait un journal. Il avait une grosse serviette noire posée par terre. On l'a regardé tous les trois. Il avait le type classique du policier en civil mais on n'était pas tout à fait sûr que c'était la police à cause de la présence de la jeune fille. Lui n'avait pas l'air de nous entendre. Elle si, elle avait même souri quand j'avais parlé du recoupement ferroviaire.

Comme ni Alfonso ni Pierre n'avaient l'air de vouloir en rire avec moi, j'ai cessé de parler du recoupement ferroviaire.

C'est Pierre qui a relancé la conversation sur le crime. Il m'a demandé si, à mon avis, l'identification de la victime allait être possible du fait qu'on ne retrouvait pas la tête. J'ai dit qu'elle serait sans doute difficile mais quand même possible, qu'il restait les taches de naissance, les déformations, cicatrices, etc., que personne de sa personne ne ressemblait à personne.[14]

Il y a eu un silence assez long. On cherchait malgré soi quelle femme à Viorne correspondait au signalement de la victime.

C'est pendant ce silence que je me suis aperçu de l'absence de Claire.

Je veux dire par là que cette absence m'a frappé et que j'ai fait une relation entre elle et l'air soucieux de Pierre. Je n'ai pas demandé de ses nouvelles à Pierre mais j'ai eu le temps de penser que peut-être le moment approchait où il lui faudrait s'en séparer. C'est Alfonso — tout comme s'il avait deviné ma pensée — qui lui en a demandé: «Claire n'est pas malade?» Pierre a dit: «Elle avait quelque chose à faire à la maison, elle va venir, non elle n'est pas malade mais elle est fatiguée.» Il a ajouté: très fatiguée, mais que ce n'était sans doute rien de grave, peut-être le printemps.

Puis la conversation a repris, encore sur le crime.

Comme je m'indignais de l'archarnement de l'assassin sur sa victime, je me souviens, Alfonso a fait une réflexion qui nous a surpris. Il a dit: «Peut-être c'est simplement parce que c'était bien trop lourd de transporter le corps tout entier, qu'on n'a pas pu faire autrement.» Ni Pierre ni moi n'y avions pensé. Pierre, à son tour, a dit qu'en effet ces trois nuits avaient dû paraître interminables à l'assassin. Alors la jeune fille a parlé. Elle a précisé que l'assassin avait dû faire neuf voyages au viaduc pendant ces trois nuits, qu'avec la tête ça lui en aurait fait dix. Que tout Paris parlait du recoupement ferroviaire. On a engagé la conversation. Je lui ai demandé ce qu'on disait d'autre à Paris. Elle a dit qu'on croyait que c'était un fou qui avait fait le coup, encore un fou de la Seine-et-Oise.

Claire est arrivée.

Elle a sur le dos un imperméable bleu marine qu'elle met quand il pleut. Il fait beau temps. Elle porte d'une main une petite valise, de l'autre un sac en ciré noir.

Elle voit les étrangers et tout de suite elle va du côté d'Alfonso. On lui dit bonjour. Elle répond. Mais à son air je vois qu'elle n'est pas contente qu'il y ait des étrangers. J'entends un bruit de journal et je vois que l'étranger a cessé de lire, qu'il la regarde. Je le note, sans plus. L'air de Claire ne nous étonnait plus mais un étranger pouvait en être intrigué.

— *Quel air?*

— Dur.

Pierre a un mouvement brusque vers elle comme pour la cacher. Il montre la valise. Qu'est-ce que c'est que ça? Elle dit: «Je pars pour Cahors.»[15] Pierre se calme, il se force à sourire, il dit pour que tout le monde entende: «Justement je voulais prendre un congé de quelques jours et te proposer d'aller y faire un tour ces jours-ci.»

Personne n'y croit.

Elle ne répond pas. Elle reste debout, interdite, pendant une minute peut-être. Puis elle va s'asseoir près d'Alfonso, à une table seule.

C'est en allant servir Claire que je me suis souvenu qu'ils étaient de Cahors tous les trois,[16] mais que jamais depuis huit ans que je les connaissais ils n'y étaient allés. Je lui ai demandé: «Combien de temps tu pars?»[17] Elle a dit: «Cinq jours.» J'ai demandé encore: «Depuis combien de temps tu n'es pas allée à Cahors?» Elle a dit: «Jamais.» Tout de suite après elle a demandé de quoi on parlait avant son arrivée, si c'était du crime, et ce qu'on en disait. Alfonso lui a répondu qu'on parlait du crime en effet mais qu'on n'en disait rien d'important. Elle paraissait plus farouche encore que d'habitude. Je pensais que c'était à cause de la présence des étrangers.

— *Elle paraissait triste? fatiguée?*

— Je ne le dirais pas, non.

Comme on parlait du crime, encore, bien sûr, du nombre de

trains qui passent sur le viaduc chaque nuit, des voyages de l'assassin, tout à coup elle s'est retournée vers Alfonso et elle lui a demandé: «Personne n'a rencontré quelqu'un la nuit, du côté du viaduc?» Alfonso a répondu: «Personne n'est allé le dire en tout cas.» Alors Pierre se retourne vers Alfonso et le regarde longuement. Puis il lui demande: «Mais toi, Alfonso, tu n'as vraiment vu personne du côté du viaduc la nuit?»

Alfonso a un mouvement d'impatience, il dit que non, que ça suffit comme ça.

A partir de ce moment-là, une gêne s'installe entre nous, c'est sûr, je ne me trompe pas. L'insistance de Pierre et de Claire pour savoir si Alfonso avait rencontré l'assassin — surtout devant l'homme qui était là — met mal à l'aise.

On continue à parler du crime dans cette gêne.

On parle des visites de la police chez les habitants. Ils sont allés chez Alfonso la veille, chez moi le matin même.

Claire veut savoir ce que la police demande quand elle vient. Je dis: les papiers d'identité et qu'on justifie les absences des membres de la famille s'il y a lieu.

Alfonso dit qu'une équipe de policiers avec des chiens cherche la tête depuis le matin. Claire demande: Où? Dans la forêt, dit Alfonso.

Après il me semble qu'elle se tait longtemps.

Les hommes parlent encore du crime. Combien de temps exactement, je ne sais pas. Peut-être une demi-heure. Tout à coup il a fait noir quand on a regardé la place.

Je dis que la police m'a demandé de laisser le café ouvert, que dans Viorne — un café ouvert jusqu'à minuit dans une ville déserte — ça faisait un drôle d'effet. La jeune fille a demandé pourquoi la police exigeait ça. J'ai dit: «A cause de la vieille règle qui veut que l'assassin revienne toujours sur les lieux de son crime. — Alors attendons-le», a dit la jeune fille.

Voilà le genre de choses qu'on disait.

Oui, à un moment donné Claire et Alfonso se sont parlé —

très peu, deux phrases. J'ai entendu les mots: peur à Viorne, dits par Alfonso. Alfonso a souri.

A un autre moment la jeune fille va vers Claire et lui demande: «Et votre train madame, au fait?» Claire sursaute et demande: «Quel train?» Puis aussitôt elle se reprend et dit que le train pour Cahors — je me souviens parfaitement — part de la gare d'Austerlitz[18] à sept heures treize du matin.

La jeune fille rit. Nous aussi, en nous forçant.

La jeune fille insiste, elle dit à Claire qu'elle s'y prend bien tôt pour partir en voyage. Claire ne répond pas. La jeune fille demande encore si Cahors est une belle ville. Claire ne répond toujours pas.

La gêne augmente. On cherche quoi dire.

Et voilà que tout à coup l'homme se lève. Il vient au bar, très aimable, il nous demande s'il peut nous offrir une tournée. Je fais une réflexion désagréable du genre: Si vous croyez sortir quelque chose de nous, vous perdez votre temps et votre argent. Bien sûr, il ne s'en formalise pas.

On boit. J'ai envie de savoir s'il est vraiment de la police. Je demande: «Ces messieurs dames sont-ils de la Seine-et-Oise?» La jeune fille dit qu'elle, elle est de Paris, qu'elle est venue voir le lieu du crime, qu'elle a rencontré ce monsieur qui l'a invitée à prendre un verre. Lui, il sourit et il fait un mot d'esprit qui ne fait rire personne. Il dit: «Non, de la Seine.»[19]

Alors on sait précisément à qui on a affaire. Et pourtant personne ne part. On est là, à attendre. Qu'il nous apprenne des choses sur le crime sans doute.

— *Claire ne dit rien?*

— Ah oui. Elle n'a pas compris la réponse du policier. Elle demande à Pierre: «Qu'est-ce qu'il a dit?» et Pierre répond tout bas, mais j'ai entendu et le policier aussi, certainement, le silence était tel: «C'est un flic.»

On le sait. Ça nous dégoûte. Mais personne ne s'en va. On est là, on attend.

Je ne sais plus où j'en suis.[20]

— *Le policier vous invite à boire un verre.*

— Oui. Claire, qu'est-ce qu'elle fait? Attendez. Elle se lève? Non. Elle range son sac noir et sa valise sous sa chaise et elle attend — comme au théâtre un peu voyez. Oui, sans se lever, elle déplace sa chaise pour être face au bar.

On demande au policier ce qu'il pense du crime. Il répond qu'à son avis l'assassin est de Viorne. C'est comme ça que ça a commencé.

Nous inventons un crime, lui et nous. Ce crime est celui-là même qui vient d'être commis à Viorne. On ne le reconnaît pas. Il nous fait parler, nous disons ce qu'il veut, nous reconstituons point par point le crime de Viorne. Nous ne nous apercevons de rien.

Je crois que le moment est venu de se servir du magnétophone.[21]

— *Nous allons reprendre le récit au moment où vous l'avez laissé. Le policier dit que l'assassin est de Viorne.*

— Où était le magnétophone?

— *Dans la serviette par terre.*

— L'enregistrement part de quel moment?

— *Quand il a commencé son travail, quand Pierre est entré.*

— Maintenant ça ne m'étonne qu'à moitié. Il parlait haut et vite.

— *Une fois levé il n'avait devant lui que la longueur d'une seule bande; une heure peut-être.*

Les deux magnétophones vont marcher en même temps.[22] Le premier récitera les dialogues. Je l'arrêterai quand vous jugerez utile de dire quelque chose. Le second ne s'arrêtera pas. Il enregistrera dialogues et commentaires.

Quand c'est Claire qui a parlé signalez-le au lecteur.

Voici le moment où vous en étiez.

    ... métier?[23]

— C'est un flic.

— Justement, qu'est-ce que vous pensez, vous?

— Que l'assassin est de Viorne. Pour une raison très simple: c'est qu'il ne serait pas revenu trois nuits de suite au même viaduc. S'il avait choisi trois viaducs différents — et il y en a dans la région — ç'aurait été beaucoup plus difficile de le trouver: presque impossible.

— C'est donc quelqu'un de Viorne.

— Il y a quatre chances sur cinq pour qu'il soit d'ici, oui.

— Alors on est enfermé avec lui à Viorne?

— Sans doute, oui.

— Et la victime?

— Elle a dû être tuée à Viorne: pour la même raison, la proximité du viaduc. Si elle avait été tuée ailleurs pourquoi s'en serait-on débarrassé ici à Viorne? Non, c'est quelqu'un qui est de Viorne, qui a tué à Viorne et qui n'a pas pu en sortir, qui — physiquement — était dans l'impossibilité d'en sortir pendant ces trois nuits. Vous voyez où ça nous mène?

— Quelqu'un qui n'avait donc pas d'auto?

— Voilà.

— Ni de vélo? Rien? Qui n'avait que ses jambes?

— Exactement. On peut dire que la personnalité du criminel s'annonce déjà à travers son crime.

— Je n'ai entendu personne dire qu'il aurait prévu le recoupement ferroviaire.

— Un tueur, un professionnel y aurait pensé. Donc, voyez, on sait déjà ce que n'est pas le criminel: par exemple un tueur.

— Mais cette solution, de jeter les morceaux de la victime sur neuf trains différents, suppose déjà la réflexion, une certaine intelligence?

— Si elle a été voulue, sans doute, oui.

— Il reste donc qui, à part les professionnels?

— Il reste ceux qui auraient trouvé la solution des trains différents mais qui n'auraient pas pensé plus loin. Et ceux qui n'ont pensé à rien, qui n'ont rien calculé, ni l'heure, ni le nombre des trains et qui sont tombés par hasard, chaque fois, sur un train différent.

— La majorité des gens à votre avis?

— Oui. Le hasard avait ici autant de chances que le calcul de ne pas se tromper.

— Qu'est-ce qu'on peut savoir d'autre encore?

— C'est Claire.[24]

— Que c'est quelqu'un de faible, physiquement j'entends. Quelqu'un de fort aurait fait moins de voyages, vous comprenez.

— C'est vrai, ça aussi. Peut-être quelqu'un d'âgé, simplement?

— Oui, ou de faible?

— Ou de malade?

— Tout est possible. On peut aller encore plus loin si ça ne vous ennuie pas…

— Allez-y. Au contraire.

— Il est encore probable que nous avons affaire à quelqu'un de méthodique, de consciencieux.

— Il a dit de religieux?

— C'est Claire.

— Oui.

— De religieux aussi peut-être. C'est peut-être même le mot qui conviendrait le mieux, madame, voyez. A cause de la tête qu'on n'a pas retrouvée.

— Là, je ne vous suis plus.

— Si le criminel n'a pas jeté la tête avec le reste, on pourrait croire d'abord que c'est uniquement pour rendre l'identification impossible?

— Oui.

— Eh bien, à la réflexion ça paraît plus complexe que ça.

— Etant donné qu'il était sûr de sa trouvaille, il aurait dû jeter la tête comme le reste? c'est ça?

— C'est-à-dire, étant donné plutôt son affolement pendant ces trois nuits qu'ont duré ses voyages au viaduc, sa fatigue — fantastique quand on y pense — sa peur terrible d'être pris avant d'avoir fini, on s'étonne de sa prudence. Il y a là une inconnue[25] dans l'attitude du criminel. Ou bien il pense qu'il va commettre le crime parfait, dans ce cas, il défigure la tête et la jette comme le reste — ou bien il a une raison personnelle, morale, on dirait, de réserver à la tête un sort à part. Il peut être croyant, par exemple, ou l'avoir été.

— Vous allez bien loin, il me semble.

— Vous croyez?

— Il est possible que tout s'écroule quand vous aurez trouvé, que vous vous trompiez complètement?

— Bien sûr. Mais que nous nous trompions de a à z, ce serait quand même étonnant. C'est très rare.

— Alors tout s'est passé ici?

— Oui. Le mystère est enfermé avec vous.

— A mon avis, nous devons être en présence de ce qu'on pourrait appeler un crime spontané. Ça vous étonne?

— Oui. La trouvaille du viaduc même si elle ne va pas loin, il fallait quand même y penser avant.

— Pourquoi? Pourquoi avant? Pourquoi n'y penserait-on pas juste au moment où on passe sur le viaduc avec son paquet — quand on cherche depuis des heures ce qu'on pourrait bien en faire? C'est vous, le lecteur du journal qui fabriquez la trouvaille des neuf trains.[26] A la réflexion, elle peut disparaître, devenir le pur hasard.

— Pourquoi êtes-vous ici pour le hasard? Contre la préméditation?

— Parce qu'il y a dans ce crime un naturel qui s'accorde mal avec la prudence.

— Un fou.

— Quelle est la différence?

— Encore elle.[27] On dirait qu'elle est dans une autre pièce.

— Entre?

— Entre un fou et un être normal — dans le cas du crime. Elle veut dire: comment savoir si c'est un fou ou non?

— La différence commence après le crime. On peut se dire: un fou n'aurait pas eu la patience de faire ces voyages. Un fou, vrai, n'aurait pas eu cette régularité de fourmi pendant trois nuits. Par contre, un fou aurait pu garder la tête. C'est arrivé.

— Un fou aurait parlé peut-être, il aurait déjà parlé?

— Non, ça ce n'est pas sûr.

— Est-ce que le criminel a commis une imprudence dans ce crime à votre avis?

— Oui. Il y en a toujours une, dans tous les crimes. Je ne peux rien vous dire de plus.

— Est-ce que c'est quelqu'un de fou ou non?

— Encore elle. J'avais oublié cette question.

— Je ne sais pas, madame.

On sait aussi que la femme qui a été tuée ne devait pas être belle, qu'elle devait avoir des formes lourdes, des épaules carrées, trapues. Que c'était une femme forte, une sorte de... brute.

— Une travailleuse?

— Oui.

— A en entendre parler comme ça, on pourrait croire qu'on reconnaît quelqu'un, c'est idiot...

— Tout le monde, vous savez.

— Qu'elle n'était pas belle, qu'est-ce que vous en déduisez?

— C'est que lorsqu'on parle de crime passionnel, à mon avis, on se trompe.

— On n'a signalé aucune disparition à la mairie?

— Aucune. Il n'y en aura probablement pas. Ça serait déjà fait. Vous pensez bien, sept jours que toute la presse en parle et, rien. Non, il s'agit sans doute d'une personne qui n'avait ni famille, ni amis qui y tenaient assez pour s'inquiéter.

— Ou d'une personne seule?

— Seule où? dans un immeuble? Dans un immeuble, la concierge serait déjà venue dire: Une telle n'a pas été vue depuis sept jours.

— Alors? Seule dans un pavillon?

— Non plus. Dans un pavillon un voisin serait venu dire: Une telle a ses volets fermés depuis sept jours — ou bien: Une telle n'a pas été vue depuis sept jours, les poubelles sont dehors, etc.

— Quelle imagination... Alors, elle habitait bien quelque part?

— Ça, de toute façon...

Vous ne voyez pas?

— C'est quelqu'un qui a été tué par les gens avec qui elle habitait?

— Exactement. Neuf chances sur dix pour que ce soit ça. Il n'y a que de cette façon que le silence s'explique autour de la disparition.

Oh, vous allez avoir des surprises à Viorne. Je le sens déjà. Un crime, on le sent de loin, sa couleur...

— Et ici nous avons affaire à quel genre de crime? On a tué pourquoi, à votre avis j'entends?

— Je comprends bien... A mon avis, il me semble qu'ici on a tué l'autre comme on se serait tué soi... C'est le cas de beaucoup de crimes vous savez...

— Parce qu'on se détestait, soi ou l'autre?

— Pas obligatoirement... parce qu'on était ensemble dans une situation commune peut-être trop immobile, et qui durait depuis trop longtemps, pas une situation malheureuse pour autant, non, mais fixe, sans issue, vous comprenez.

— Personne ne bouge. Nous sommes tous au bar sauf Claire et Alfonso.

— C'est une affirmation gratuite?[28]

— C'est une opinion personnelle. Dans notre langage elles ne sont jamais gratuites. J'y suis arrivé en éliminant l'hypothèse invraisemblable de l'intérêt, de la passion...

— C'est quand même extraordinaire de ne voir personne...

— Là, Pierre s'adresse à Alfonso. Alfonso ne répond pas.

— Vous savez, ces crimes qui paraissent tellement extraordinaires, de loin, deviennement presque... naturels quand on arrive à la vérité. Tellement, que souvent on ne voit pas comment le criminel aurait pu éviter de les commettre.

— Cette boucherie quand même?

— C'est une façon comme une autre de brouiller les pistes. Les gens sont aveuglés par le dégoût, mais une fois que la personne est morte, qu'elle soit entière ou en morceaux... Je dirai plus: on oublie trop facilement ici le martyre qu'a dû vivre le criminel.

— Bon, eh bien messieurs dames.

— Il est tôt Alfonso...

— C'est Claire. Alfonso se lève.

— Tout peut être compris.

— Moi, j'estime, pas d'explication, précisément. Ne pas commencer avec l'explication, sans ça où va-t-on? Ne pas l'aborder du tout. Se contenter de la preuve. Un point, c'est tout.[29]

— Non, Robert, je crois qu'il vaut mieux, dans tous les cas, essayer de comprendre, entrer dans les circonstances le plus qu'on peut, le plus loin qu'on peut, s'y perdre, s'il faut, mais toujours en tenir compte...

— Comprendre, monsieur Lamy c'est un bonheur, un si

grand et réel bonheur et auquel on aspire si naturellement qu'il est un devoir de n'en priver personne, ni le public, ni même les juges, ni même parfois les criminels.

— Non, monsieur. Tout comprendre est impossible. Alors, à un moment donné... stop... Arrêter de comprendre. Sans ça encore une fois où va-t-on?

— Robert, je t'assure que tu as tort.

— Je suis de l'avis de M. Pierre, Robert, vous avez tort.

— Moi, je suis de l'avis de M. Lamy.

— Robert, je t'en prie...

— Je ne voulais rien entendre, voilà comment on est quelquefois, idiot.

— Robert, toi si généreux, toujours prêt à tout comprendre, pourquoi, tout d'un coup, tu parles de cette façon? Je suis désolé, Robert.

— Question de vie et de mort. En Seine-et-Oise, les gens ont peur. Que faites-vous de ces trimards qui, de jour et de nuit, circulent sur les routes de Seine-et-Oise?

— Robert?

— Quoi?

— Rien.

— Je n'ai pas compris ce qu'Alfonso me voulait. Il se rassied et se tait.

— On n'est jamais à l'abri d'une idée qui vous traverse. Personne ne peut dire: ça, je ne le ferai jamais. Je me souviens d'un crime: c'était un ouvrier agricole des environs, très bien à tous les points de vue. Un soir il arrachait des pommes de terre dans un champ et une femme est passée. Il la connaissait depuis très longtemps. Peut-être la désirait-il, l'aimait-il sans se l'avouer? Elle a refusé de le suivre dans la forêt. Il l'a tuée. — Alors, ce crime-là, est-ce qu'il faut le punir comme un autre?

— Pierre s'est tourné vers Alfonso.

— Qu'est-ce qu'on a dit?

— On a considéré que cet homme avait traversé une crise de folie. Il n'a pas eu grand-chose. Dix ans je crois.

— Au fond, la cause de la plupart des crimes c'est peut-être ni plus ni moins la possibilité...

— Ecoutez bien, voilà Pierre qui commence...

... dans laquelle on se trouve de les commettre. Supposez qu'on vive nuit et jour, avec près de soi, par exemple... une machine infernale... qu'il suffise d'appuyer sur un bouton pour qu'elle se déclenche. Un beau jour on le fait. On vit avec quelqu'un pendant des années puis un soir l'idée vous vient. On se dit d'abord que si l'idée vous venait, on pourrait le faire — sans avoir du tout l'intention de le faire — bien sûr. Puis ensuite on se dit qu'un autre à votre place pourrait le faire, un autre qui, lui, aurait des raisons de le faire. Et puis plus tard encore on se dit qu'on a toujours des raisons de le faire, toujours, et qu'à sa place un autre moins...

— ... faible?

— De temps en temps il arrive à Pierre de faire des discours. Je pense qu'il veut montrer son savoir au policier.

— ... faible est sans doute le mot: un autre moins faible que vous le ferait. C'est comme ça que ça commence. Et puis l'idée vous revient de plus en plus souvent, et puis un jour elle est là, elle reste là. Elle grandit, elle grandit, il y en a plein la maison, on se cogne contre. Et puis voilà.

— Qu'est-ce qu'il raconte?[30]

— Claire. C'est à Alfonso qu'elle s'adresse.

— Des bêtises.

— Et puis un jour on le fait. Et voilà. Après c'est une autre histoire.

— Pourquoi tu dérailles comme ça Pierre?

— Alfonso rit, il me semble.

— Je déraille parce que j'ai une idée. Que ce monsieur a la même idée. Toi aussi. Et que j'ai envie de la dire.

— Je vous en prie.

— Non, à vous je préférerais crever.

— Je sors du bar, je vais vers Pierre. On est tous devenus comme des flics. Je veux qu'il dise ce qu'il pense, qu'il dénonce la pensée du flic.

— Je vais vous dire, moi, l'idée qu'il a. Il croit que le crime que vous venez de raconter — l'ouvrier agricole qui tue cette femme — c'est ça qui est arrivé à Viorne.

— Pierre ne répond pas. J'insiste.

— Et il y a sept jours que tu ne viens pas à cause de ça?

— Non, ce n'est pas ça.

— On attend. Pierre ne dit plus rien. Le policier attaque à nouveau.

— Vous pensez que M. Alfonso sait qui a fait le coup et qu'il ne le dit pas. Voilà ce que vous pensez.

— Oui c'est ce que je pense.

— On se tourne tous vers Alfonso. Claire se lève. Alfonso, lui, ne bouge pas.

— Dis donc, tu es fou? Dis donc, Pierre, qu'est-ce qui t'arrive?

— Excuse-moi Robert.

— Pourquoi tu as cette idée-là?

— Je lis trop de journaux, Robert. J'ai eu l'impression qu'Alfonso cachait quelque chose et je n'ai pas pu le supporter tout d'un coup.

— C'est pour ça que tu ne viens plus?

— Non, ce n'est pas pour ça.

— C'est pourquoi?

— Ça ne vous regarde pas.

— Alfonso se lève, il va vers Pierre. Je ne l'ai jamais vu en colère.

— A supposer que j'aie une idée sur le crime, Pierre, tu veux que je lui dise? Mais qu'est-ce qui t'arrive?

Réponds à ma question Pierre.

— Tout d'un coup j'ai eu envie de savoir. Ça a été plus fort que moi.

— Vous me permettez de remettre ça? Allez-y, monsieur Robert.[31]

— Vous ne devez pas souvent payer les notes, monsieur. Nous, vous savez, on ne refuse pas.

— Allez, on n'y pense plus.

— Pierre était accablé. Alfonso s'est calmé. Il est venu près de Pierre, il lui a mis la main sur l'épaule. Claire ne bougeait pas, debout, elle les regardait.

— Tout le monde sait que tu ne dors jamais, que tu te balades dans la forêt. Tu comprends, tu connais tout le monde, tu habites la forêt, et moi, on ne m'enlèvera pas de l'esprit que c'est dans la forêt que ça s'est passé.[32] Alors je me suis dit que tu devais au moins avoir une idée. Et puis le charme du flic a joué.

— Assez Pierre.

— Oui.

— M. Alfonso n'a pas dit si M. Pierre se trompait.

— On recommence à regarder Alfonso.

— *Claire ne bouge pas?*

— Il me semble que si, mais vers le flic, déjà.

— J'ai tout inventé. Laissez-le tranquille.

— Mais je n'ai pas l'intention d'interroger M. Alfonso. Ne vous inquiétez pas. C'était seulement une remarque.

— Rentre chez toi Alfonso.

— Non.

— Et c'est Pierre qui a recommencé.

— Tu peux quand même dire quelque chose?

— Ils trouveront tout seuls, ils n'ont pas besoin de moi. N'est-ce pas monsieur?

— Si vous dites ça, monsieur Alfonso, c'est que vous savez comme moi que c'est à Viorne que le crime a été commis?

— Dans la nuit du 7 au 8 avril?[33]

— Et dans la forêt justement, près de chez vous, à cinquante mètres du viaduc, sur le haut de la berge?

— Alfonso ne répond pas. Il rit. Il y a un long silence. Puis Alfonso répond.

— C'est vrai. C'est dans la forêt, à cinquante mètres du viaduc. J'ai entendu les coups.

— Claire bouge. Elle avance très près du flic. On l'avait oubliée.

— Ce n'est pas dans la forêt.

— Assez avec cette histoire. On parle ou on se tait. On ne commence pas à parler pour ensuite se taire. Assez ou je ferme.

— Qu'est-ce que tu racontes Claire? Claire?

— Ce n'est pas dans la forêt.

— Ne faites pas attention à ce qu'elle dit, monsieur, elle est en train de devenir complètement folle, cette fois c'est sûr, vous vous ne pouvez pas le savoir mais moi qui suis son mari je vous dis que...

— Qu'est-ce que vous vouliez me dire madame?

— Pierre attrape Claire, il la pousse loin du flic. Elle revient vers le flic. Le flic est très calme, souriant.

— Vous aviez l'intention de dire quelque chose madame?

— Oui.

— Alors la jeune fille s'en mêle, son tour est venu.

— C'est très difficile ce que cette dame a à dire, n'est-ce pas madame?

— Vous vouliez parler de votre cousine Marie-Thérèse Bousquet, n'est-ce pas madame?

— Ça a été l'évidence, foudroyante.

— Mais comment?

Vous la connaissiez?...
Mais... Comment...?
— On connaît tout le monde.

— Mais Marie-Thérèse Bousquet elle est partie monsieur, qu'est-ce qui vous prend?
— Pierre je ferme!
— Nous avons tout le temps, n'est-ce pas madame?

— Je te dis que je ferme Pierre!
— Mais non, vous ne fermerez pas. Venez par ici madame, venez avec moi.
— Pierre, Pierre, je ferme!

— Alfonso ne disait rien. Il regardait Claire.

— Mais qu'est-ce qui vous prend? Marie-Thérèse est partie à Cahors, elle va vous le dire. Claire!

— Elle est partie comment Marie-Thérèse, madame?

— Elle ne vous répondra pas monsieur, elle ne répond jamais quand on la questionne, laissez-la parler toute seule. Claire!

Voyez, elle ne vous répondra plus. Et en quoi ça peut vous intéresser d'ailleurs? J'imagine que Marie-Thérèse a fait sa valise et qu'elle a pris le car jusqu'à la gare d'Austerlitz. Une idée qu'elle a eue un beau matin, c'est tout, c'est tout...
— Vous l'avez vue partir?

— Pierre, personne ne savait qu'elle était partie tu comprends, alors on est surpris, mais toi, tu l'as vue partir...? dis-le... Je me disais justement: tiens elle n'est plus là Marie-Thérèse...

— Pierre... dis-le.

— Vous savez monsieur, elle va revenir de Cahors. N'est-ce pas Claire? Vous voyez, elle ne répond pas, il faut la connaître... ah... Mais elle m'a raconté... elles se sont quittées sur le pas de la porte. Claire est restée là jusqu'au départ du car. Claire, dis-le!

— Alfonso! Alfonso!

Alfonso!

— Alfonso veut partir. Claire le rappelle.

— Alfonso!

— Madame, je suis là pour vous. N'ayez pas peur. Dites-nous ce que vous avez à nous dire.

— Claire! Claire!...

— Pierre qui veut l'empêcher de parler.

— Claire!

— Et puis, personne n'a plus rien dit.

— Ce n'est pas dans la forêt qu'elle a été tuée, Marie-Thérèse Bousquet, c'est dans une cave à quatre heures du matin.

— Nous savions qu'il s'agissait de Marie-Thérèse Bousquet mais nous ne savions pas lequel de vous trois était l'assassin.

Sur les morceaux du corps il y avait des inscriptions au charbon: les mots Cahors et Alfonso. La presse n'avait pas le droit de le dire.

Madame vous allez venir avec nous.[34]

— *Pierre Lannes ne vous avait jamais parlé de sa femme?*

— Jamais, non, à personne je crois. Mais nous savions Alfonso et moi.

— *Quoi?*

— Qu'un jour ou l'autre elle perdrait la raison tout à fait et que Pierre devrait finir par s'en séparer.

En somme tout s'est passé comme si on l'avait jetée dans les bras du policier.

— *Elle n'a plus rien dit ensuite?*

— Rien. Elle s'est laissé emmener.

Elle était fascinée par cet homme. Quand elle a parlé — elle le regardait — c'était comme s'il lui avait dicté les mots, un par un.

— *Vous parlez un peu comme quelqu'un qui ne croit pas tout à fait à l'aveu de Claire?*

Vous pouvez, si vous le jugez bon, ne pas répondre aux questions.

— Alors je ne réponds pas.

— *Si vous l'aviez crue coupable, avant, l'auriez-vous protégée contre la police, vous Robert Lamy?*

— Je ne réponds pas.

— *Pensez-vous, vous, que si Alfonso l'avait crue coupable, il l'aurait, lui, protégée contre la police?*

— Oui.

— *Et Alfonso n'a presque rien fait ce soir-là pour la protéger?*

— Vous avez entendu qu'une fois il a dit qu'il rentrait et qu'elle l'a retenu en disant qu'il était tôt. Et qu'une autre fois — à la fin — elle a appelé «Alfonso» un peu comme si elle criait «Au secours». Cette deuxième fois il s'était dirigé vers la porte, il voulait encore partir.

Mais c'est vrai qu'il aurait pu faire davantage. Il aurait pu l'entraîner dehors, elle l'aurait suivi. Il ne l'a pas fait.

S'il ne l'a pas fait, c'est qu'il ne savait rien, c'est qu'il ne savait pas qu'elle courait le danger d'être arrêtée, vous voyez bien, c'est logique il me semble.

— *Ou qu'il craignait — s'il avait trop insisté — qu'elle montre sa folie tout à fait, qu'elle lui demande pourquoi il voulait partir, qu'elle parle trop?*

— Je n'avais pas pensé à ça.

Peut-être que c'est là, au *Balto*, pendant que le policier parlait, qu'il a compris — avant nous — trop tard, donc, pour faire quoi que ce soit. A mon avis, on ne saura jamais ce qu'il savait, ce qu'il ne savait pas.

— *Pourquoi a-t-il confirmé le mensonge du policier sur l'endroit du crime, à votre avis?*

— Pour se moquer de lui. Il riait en disant qu'il avait entendu les coups sur la berge du viaduc. Il aurait aussi bien confirmé n'importe quoi d'autre.

— *C'était quand même grave pour lui?*

— Mais non, Pierre et moi nous sommes là pour en témoigner: il a voulu se moquer du policier. Mais il ne l'a pas dit, lui, à l'instruction?[35]

— *Je crois que si.*

— Alors, voyez.

— *Vous, vous avez cru que le policier se trompait?*

— Non, j'ai cru qu'il disait la vérité. Je crois qu'Alfonso a été le seul à savoir que le policier inventait l'endroit. D'abord il habite effectivement la forêt. Ensuite, comme il suivait la conversation de loin, un peu comme un spectateur, il a dû voir passer le mensonge. Dites-vous bien que si Alfonso avait su l'endroit exact du crime il se serait tenu tranquille.

— *Je n'en suis pas sûr. Ni vous non plus d'ailleurs je crois.*

— Comment voulez-vous qu'il ait deviné qu'elle se déclencherait à partir de là, de ce mot: forêt?

— *Qu'est-ce que vous pensez d'autre après avoir entendu cette bande?*

— Qu'on a dû commencer à avoir peur pour elle très vite, dès qu'elle est arrivée au café et qu'elle a vu le policier. Mais c'est faux. Cette peur existait bien sûr, mais ce n'était pas celle qu'on croit maintenant. C'était la peur que le policier s'aperçoive qu'il y avait là une femme un peu folle. Rien de plus.

— *Et que l'attitude de cette femme l'amène à la soupçonner?*

— Qu'elle l'amène à soupçonner l'un d'entre nous. Elle, comment y aurait-on pensé?

Sans défense comme il était, je tiens à vous dire que, personnellement, je suis heureux qu'Alfonso ait quitté la France.

Moi aussi je vais quitter Viorne. Je ne peux plus m'y voir.

— *Pourquoi me faites-vous cette remarque sur la peur que vous aviez que Claire passe pour une folle aux yeux du policier?*

— Je l'ai faite au cas où le policier aurait signalé qu'on était tous un peu bizarres ce soir-là — justement comme des gens qui ont peur ensemble d'une même chose. Qui ont un secret.

— *Vous parlez comme s'il s'était agi pour vous tous de faire front contre la police.*

— C'est naturel.

— *Le policier n'a signalé qu'une chose, c'est qu'Alfonso se taisait presque tout le temps pendant le début de la soirée — et qu'il regardait Claire.*

— Il parlait toujours très peu. Evidemment la police ne pouvait pas le savoir. Vous voyez qu'on avait raison de se méfier.

— *Vous, vous aviez surtout peur pour Alfonso?*

— Sans doute, mais sans m'en rendre compte tout à fait.

— *Comment était Pierre Lannes?*

— Je vous ai dit comment je l'avais trouvé sur le moment, soucieux. Maintenant, j'irai un peu plus loin. Je dirais: effrayé. Mais là encore je me trompe: j'aurais tendance à croire qu'il devait craindre pendant toute la soirée que Claire parle du départ de Marie-Thérèse pour Cahors. Comme maintenant je sais — je ne peux plus l'ignorer, il n'y a rien à faire, que c'était ce qu'elle lui avait dit le matin du crime, je me dis: c'est de ça qu'il avait peur. Mais je me trompe, je le sais. J'en suis sûr.

Ce qu'il y avait c'est qu'il devait être effrayé par l'avenir à cause de ce départ de la cousine qui le laissait seul avec Claire. Qu'est-ce qu'ils seraient devenus? Mais c'est tout.

Je pense devant vous en ce moment.

— *Vous n'êtes jamais allé chez les Lannes?*

— Jamais. Dans la vie de village on ne se reçoit pas.[36] N'empêche qu'on sait beaucoup de choses les uns sur les autres, presque tout.

— *Vous trouvez normal que Pierre Lannes dise qu'il n'aurait pas pensé au recoupement ferroviaire?*

— Oui, comme tout le monde.

— *Est-ce qu'il a changé ces temps derniers à votre avis — au moral j'entends?*[37]

— Depuis quelques années ce n'est plus tout à fait le même homme.

Vous savez sans doute qu'il s'était présenté au Conseil municipal de Viorne? Oui. Il y a cinq ans. Il n'est pas passé et ça a été une très grande déception.

Je ne crois pas qu'il vous en parlera. Sa passion c'était la politique. Il s'était abstenu d'en faire pendant longtemps. Puis un jour il s'est présenté. Avec la réputation excellente qu'il avait à Viorne il pensait que ça marcherait tout seul.[38] Il s'est trompé.

— *C'est un peu à cause de sa femme qu'il n'a pas été élu?*

— On vous l'a dit?

— *Non. Que pensez-vous?*

— On l'a dit. Mais on a dit aussi que c'était parce qu'il était déjà un peu âgé. Trop coureur aussi, certains l'ont dit.

— *Sur elle que saviez-vous?*

— Sur elle? Tout le monde pouvait la voir assise sur son banc dans le jardin. Les derniers temps, une fois sur deux elle ne vous voyait même plus quand vous passiez. Et sa paresse, on la connaissait. On savait que c'était Marie-Thérèse Bousquet qui faisait tout chez eux.

Ça doit arriver plus souvent qu'on le croit: des fous tranquilles qu'un village garde. Jusqu'au jour où la catastrophe arrive.

— *Sur son passé avant Viorne, vous ne savez rien?*

— Non. Je sais ce qui s'est passé à Viorne. Par exemple, je sais, comme bien des gens, que lui la trompait beaucoup et qu'elle elle s'en fichait complètement, mais sur leur passé à Cahors, sur leur jeunesse je ne sais rien.

— *Qu'est-ce que vous savez, vous, que les autres ne savent pas?*

— Qu'il n'était pas heureux.

— *A cause d'elle?*

— Pas seulement — elle ne tenait pas une place si grande dans sa vie — non. A cause de la vieillesse qui venait et qui l'empêchait d'avoir autant d'aventures qu'avant. De cela il était inconsolable. Je le savais sans qu'il m'en ait parlé bien sûr.

— *Est-ce qu'il n'avait pas honte de sa femme?*

— Honte n'est pas le mot je crois. Elle ne portait pas à avoir honte d'elle,[39] non. Il devait craindre ce qu'elle allait dire et qu'on la prenne pour une folle mais seulement lorsqu'ils se trouvaient devant des étrangers. Devant nous, non. Quand elle tenait ses discours à dormir debout, on la laissait parler. Quelquefois Alfonso l'écoutait. Pierre et moi on parlait de notre côté.

Quelquefois on restait seuls tous les quatre après la fermeture. J'aimais bien causer avec lui. Il n'est pas bête et il se tient au courant de tout. C'est un brave homme et autant elle était folle, autant lui était calme, autant il avait les pieds sur terre.[40]

— *Elle parlait de quoi quand ça la prenait?*[41]

— Oh, de tout. De ce qu'elle avait vu dans la rue, à la télévision. Elle avait une façon de raconter qui faisait rire Alfonso, elle le savait bien, alors, souvent, elle lui racontait les films qu'elle avait vus à la télévision. Moi j'avoue que je ne pouvais pas l'écouter. Pour moi, c'était ennuyeux ce qu'elle disait. Pour Pierre aussi. Mais pas pour Alfonso. Voyez, ça dépendait des gens.

— *C'était... comment? ce qu'elle disait?*

— C'était dix choses à la fois. C'était des flots de paroles. Puis tout à coup, le silence.

— *C'était sans queue ni tête?*

— Non puisque Alfonso, par exemple, s'y retrouvait. Mais il fallait une très grande attention pour la suivre. Alfonso me disait quelquefois: «Tu devrais essayer d'écouter quand elle parle.» J'ai essayé, je ne suis jamais arrivé au bout d'un seul de ses discours.

— *Ça avait une fin et un commencement?*

— Sans doute mais on les perdait. Très vite ça partait dans tous les sens, c'était des relations entre tout et tout — auxquelles on n'aurait pas pensé.

— *Mais elle ne parlait jamais de telle ou telle personne de Viorne?*

— Très rarement. C'était toujours soit du journal, soit de la télévision, soit d'idées à elle, voyez. Ou plutôt à partir de là.[42]

— *C'était la folie?*

— Je ne sais pas. Je me refuse à le dire même maintenant.

— *Vous venez de parler des fous tranquilles qu'un village garde.*

— C'était une façon facile de parler.

— *Vous avez dit aussi que vous saviez qu'elle perdrait la raison tout à fait un jour.*

— Oui. N'empêche que si vous me demandez de décider, là, comme ça, une fois pour toutes si c'était la folie ou non, je ne peux pas le faire. Dans une autre maison, avec d'autres gens, avec un autre homme les choses se seraient passées autrement peut-être, qui sait?

— *Elle passait pour être intelligente malgré cette espèce de folie?*

— Pour Alfonso, oui. Il disait que si elle avait réussi à se raisonner ç'aurait été une personne très intelligente. Les autres ne se posaient pas la question. A mon avis, pour moi je veux dire, lui était plus intelligent qu'elle.

— *Vous avez revu Alfonso avant son départ pour l'Italie?*

— Oui. Il est venu me voir la veille, il y a donc trois jours. On a parlé de choses et d'autres et c'est en parlant qu'il m'a annoncé qu'il quittait la France le lendemain matin.

— *Vous ne lui avez posé aucune question sur ce qui était arrivé?*

— Je ne me serais pas permis de le faire. Et puis je savais que même s'il était compromis, il était innocent.

— *De quoi avez-vous parlé?*

— De la vie qui l'attendait à Modène.[43] Et aussi un peu d'elle, de Claire. Il m'a dit qu'il y a dix ans de cela, il avait eu un sentiment pour elle et que s'il n'y avait pas eu Pierre il l'aurait prise avec lui dans sa cabane. C'était la première fois qu'il me le disait. Je n'en avais jamais rien su.

— *Il regrettait ne pas l'avoir fait?*

— Il n'a pas parlé de regrets.

— *Vous ne lui avez pas demandé pourquoi il quittait Viorne?*

— Ce n'était pas la peine, je le savais. Il quittait Viorne parce qu'il avait peur de ce que Claire dirait à l'instruction,[44] de ce qu'elle inventerait pour le faire aller en prison lui aussi. Tout était contre lui: ouvrier agricole, célibataire et étranger par-dessus le marché. Il a préféré quitter la France.

— *Il savait qu'elle aurait essayé de le compromettre?*

— Il le savait, oui. Pas par méchanceté. Par... folie — je dis ce mot faute d'un autre. Du moment qu'elle allait en prison, il était probable qu'elle aurait voulu qu'il y aille lui aussi. Elle lui était attachée.

— *Et lui?*

— Lui aussi.

Peut-être croyait-elle qu'ils pourraient être ensemble dans la même prison, qui sait? Elle le dirait peut-être, elle.

— *Comment Alfonso savait-il cela — entre autres choses?*

— Je ne sais pas. Il le savait.

— *Sans en avoir jamais parlé avec elle?*

— Je ne vois pas quand ils se seraient parlé de seul à seul.

— *Vous saviez qu'elle sortait la nuit quelquefois?*

— Je le sais, parce qu'il l'a dit à l'instruction. Je l'ai lu dans le journal. Pas autrement.

— *Alors, comme lui aussi se promenait la nuit — il dormait très peu paraît-il — ils devaient se rencontrer, se parler?*

— C'est possible. Mais moi je ne dis que ce que je sais. Moi je ne les ai jamais vus ensemble qu'au *Balto*, et avec Pierre, jamais seuls et jamais ailleurs.

A mon avis, il n'y a jamais rien eu entre eux même avant.

— *Il vous l'aurait dit?*

— Ça non, mais quand même je ne le crois pas.

— *Elle a dit qu'ils s'étaient rencontrés pendant la troisième nuit après le crime. Lui dit que non. Que penser?*

— Vous savez, s'il a menti à la police c'est en somme pour ne pas l'accabler, elle. Alors ça ne compte pas. On le comprend. Il voulait protéger cette femme.

— *Donc pendant cette dernière soirée, vous n'avez pas parlé du crime?*

— Non. On a parlé d'elle, comme je vous le disais, mais dans le passé.

— *Vous ne trouvez pas extraordinaire de ne pas avoir dit un seul mot sur le crime?*

— Non.

— *Pourquoi Claire n'aurait-elle pas dit à Alfonso qu'elle avait tué Marie-Thérèse Bousquet?*

Pourquoi aurait-elle évité de lui dire ça justement? Alors qu'elle savait qu'elle pouvait être sûre de lui?

— Quand le lui aurait-elle dit?

— *La nuit dans Viorne?*

— Mais puisqu'il nie, lui, l'avoir rencontrée? Entre les deux je choisis de le croire, lui.

Je peux vous poser une ou deux questions à mon tour?

— *Oui.*

— Que vous apprend mon récit sur le crime?

— *Sur le crime, rien, sinon que vous partagez les mêmes doutes que moi sur la culpabilité de Claire. Sur Claire, votre récit m'apprend une chose très importante, à savoir qu'elle était beaucoup moins isolée à Viorne qu'on aurait pu le croire d'abord, qu'elle y était protégée par Alfonso et même un peu par vous.*

— Elle était seule quand même, comme une folle est seule, partout.

— *Oui, mais sa folie n'était quand même pas de nature à la séparer tout à fait du monde, à la rendre indifférente à tous.*

— Vous savez, moi, je suis là surtout pour Alfonso.[45] Pour elle seule je n'aurais pas répondu à vos questions. Je n'avais pas de rapports personnels avec elle. Elle venait au café, souvent, comme bien d'autres gens, et à force on croit qu'on se connaît, mais il faut faire la différence entre se connaître et se connaître. Alfonso,

Pierre, oui je les connaissais, mais pas elle. En tant que femme elle ne m'a jamais plu beaucoup je dois dire.

— *Vous en parliez comme d'une folle avec Alfonso?*

— Non, comme d'une femme d'abord, une femme qui était folle par certains côtés mais pas d'une folle avant tout. Nous ne disions pas ce mot à son propos. Ç'aurait été la condamner. On l'aurait plutôt dit d'autres gens qui n'étaient pas fous, que d'elle, justement.

La deuxième question que j'ai à vous poser est celle-ci: en quoi cela présente-t-il un intérêt pour vous qu'Alfonso ait su ou non ce que Claire avait fait?

— *Je cherche qui est cette femme, Claire Lannes, et pourquoi elle dit avoir commis ce crime. Elle, ne donne aucune raison à ce crime. Alors je cherche pour elle. Et je crois que s'il y a quelqu'un qui sait quelque chose là-dessus, c'est Alfonso.*

A supposer, bien entendu, qu'elle soit coupable, je me dis ceci: ou bien Alfonso savait tout et s'il l'a laissé prendre c'est qu'il était sans espoir de la voir sortir de la folie et qu'il trouvait préférable qu'elle soit enfermée, ou bien Alfonso ne savait pas vraiment ce qui s'était passé, il n'avait qu'un soupçon et s'il l'a laissé prendre c'est qu'il voulait mettre fin à quelque chose lui aussi.

— *A quoi?*

— *Mettons à une situation générale de Claire.*

— Je vois un peu ce que vous voulez dire.

— *Il l'a peut-être laissé prendre par la police pour cette même raison qui l'a portée, elle, à tuer. Ainsi ils auraient fait la même chose, elle en commettant le crime, lui en la laissant prendre par la police.*

— Ce n'était pas de l'amour?

— *Comment appeler cette sympathie si grande? et qui aurait pu, bien sûr, prendre la forme de l'amour mais aussi bien d'autres formes?*

— Sans qu'ils se parlent?

— *Apparemment, oui.*

Qu'est-ce qu'il y avait entre Marie-Thérèse Bousquet et Alfonso?

— Rien de plus qu'une coucherie de temps en temps. C'était

un homme à ne pas être dégoûté par l'infirmité de Marie-Thérèse.

— *Ni par la folie de Claire?*

— Non plus.

— *Vous n'avez jamais entendu parler d'un homme qui a joué un grand rôle dans la jeunesse de Claire, l'agent de police de Cahors?*

— Non, jamais.

Auriez-vous interrogé Alfonso s'il était resté à Viorne?

— *Non. Il n'aurait rien dit. Déjà à l'instruction, il n'a rien appris sur elle à part ses sorties la nuit.*[46]

— C'est vrai qu'il n'aurait rien dit.

Vous, vous êtes sûr qu'il savait quelque chose n'est-ce pas?

— *Oui. Mais quoi, je ne sais pas.*

Et vous, que croyez-vous?

— Il devait savoir quelque chose sur l'essentiel, pas sur les faits. Mais de là à le dire, même s'il l'avait voulu, c'est une autre question.

Verrez-vous Pierre et Claire?

— *Oui.*

— Avez-vous une idée sur les raisons de ce crime, vous?

— *On aperçoit quelque chose au loin mais c'est impossible de dire quoi que ce soit.*

— Vous venez de parler comme si Claire était la coupable.

— *Non, comme si Claire était la coupable qu'elle prétend être. Qu'elle prétende avoir commis ce crime ou qu'elle l'ait commis vraiment, ses raisons seraient les mêmes — si elle pouvait les donner.*

Vous ne remarquez pas qu'on passe sous silence vous et moi un certain événement de la soirée?

— Oui.

— *Vous avez dit tout à l'heure que Pierre devait craindre pendant toute la soirée que Claire parle du départ de Marie-Thérèse.*

— Oui, je me souviens.

— *«Craindre» est-il le mot juste?*

— Je ne sais pas.

— *Si quelqu'un a jeté Claire dans les bras de la police, qui est-ce?*
Pierre ou Alfonso?

— Si je ne le connaissais pas je penserais que c'est plutôt Pierre.

— *Et le connaissant?*

— Le connaissant, je dirais qu'il était ce soir-là d'une humeur
à jeter tout Viorne dans les bras de la police.

— *Avec cette machine infernale dont il parlait[47] qui Pierre Lannes*
aurait-il tué à votre avis? même s'il l'ignore?

— Lui.

— *Et si moi j'avais un avis différent du vôtre sur l'attitude de Pierre*
Lannes ce soir-là, voudriez-vous le connaître?

— Non.

II

— *Je vous ai fait venir pour vous interroger*[48] *sur votre femme Claire Lannes.*

— Pourquoi?

— *En vue d'un livre sur le crime qui vient d'être commis à Viorne.*

— Comment?

— *Avec un magnétophone. Il marche en ce moment.*

J'ai déjà interrogé Robert Lamy.

Vous seriez libre de répondre ou non aux questions.

— J'accepte.

— *Vous voulez bien dire qui vous êtes?*

— Je m'appelle Pierre Lannes. Je suis originaire de Cahors. J'ai cinquante-sept ans. Je suis fonctionnaire au ministère des Finances.

— *Vous habitez Viorne depuis 1944, depuis vingt-deux ans.*[49]

— Oui. A part deux ans à Paris après notre mariage nous sommes toujours restés ici.

— *Vous vous êtes marié à Claire Bousquet à Cahors en 1942.*

— Oui.

— *Vous savez sans doute par l'instruction qu'elle dit avoir agi seule et que vous n'étiez au courant de rien.*

— C'est la vérité.

— *Vous avez tout appris en même temps que la police?*

— Oui. J'ai tout appris lorsqu'elle a avoué au café *Le Balto*, le soir du 13 avril.

— *Avant ce soir-là, pendant les cinq jours qui ont suivi le meurtre vous n'avez rien soupçonné de ce qui s'était passé?*

— Non. Rien.

— *Je voudrais que vous me répétiez ce qu'elle vous a dit pour justifier l'absence de sa cousine, Marie-Thérèse Bousquet.*

— Elle m'a dit: «Tu sais Marie-Thérèse est repartie pour Cahors très tôt ce matin.» C'était vers sept heures, quand je me suis levé.

— *Vous l'avez crue?*

— Je n'ai pas cru qu'elle disait toute la vérité mais j'ai cru qu'elle en disait une partie. Je n'ai pas cru qu'elle mentait.

— *Vous avez toujours cru ce qu'elle vous racontait?*

— Oui. Ceux qui la connaissaient la croyaient.

Je croyais que si autrefois elle m'avait menti sur certains points de son passé, maintenant elle ne me mentait plus du tout.

— *Sur quel passé?*

— Celui d'avant notre rencontre. Mais c'est loin, ça n'a rien à voir avec le crime.

— *Vous n'avez pas été étonné par le départ de votre cousine?*

— Si, j'ai été très étonné. Mais j'avoue que j'ai surtout pensé à la maison, à ce qu'elle allait devenir pendant son absence, une catastrophe. Je l'ai questionnée. Elle m'a raconté une histoire qui tenait debout, elle m'a dit que Marie-Thérèse était partie voir son père, qu'elle voulait le revoir avant sa mort, qu'elle reviendrait dans quelques jours.

— *Ces quelques jours passés, vous lui avez rappelé la chose?*

— Oui. Alors elle m'a dit: «On est aussi bien sans elle, je lui ai écrit de ne pas revenir.» Je n'ai pas répondu.

— *Vous l'avez encore crue?*

— J'ai cru qu'elle me cachait quelque chose mais je n'ai pas cru qu'elle me mentait, toujours pas.

Je n'ai pas cherché à savoir toute la vérité. Le départ de Marie-Thérèse Bousquet était un événement trop pénible pour moi.

— *Mais plusieurs suppositions vous ont traversé l'esprit?*

— Oui. La seule que j'ai retenue était celle-ci: que Marie-Thérèse était partie parce qu'elle avait eu assez de nous tout d'un coup, de nous, de Viorne, de la maison, qu'elle n'avait pas osé nous le dire. Qu'elle ait choisi le prétexte de revoir son père avant qu'il meure m'a paru une façon délicate de nous quitter.

— *Quelles autres suppositions auriez-vous pu faire connaissant Marie-Thérèse comme vous la connaissiez?*

— Qu'elle avait pu partir avec un homme, un Portugais — les Portugais s'en fichaient qu'elle soit sourde et muette, ils ne parlent pas le français.

— *Et avec Alfonso, aurait-elle pu partir?*

— Non, même avant, non, ça n'a jamais été sentimental ce qu'il y a eu entre Marie-Thérèse et Alfonso. C'était une sorte de commodité, vous comprenez.

Ce que je n'ai pas pensé du tout c'est qu'elles avaient pu se disputer toutes les deux.

— *Qu'est-ce que vous avez compté faire?*

— Je comptais m'arranger pour faire mettre Claire dans une maison de repos avant d'aller à Cahors rechercher Marie-Thérèse. De cette façon j'aurais pu annoncer la nouvelle à Marie-Thérèse, lui dire que j'étais seul et que le travail serait moins dur.

— *Autrement dit ce départ était pour vous une aubaine pour vous séparer de Claire?*

— Oui. Pénible, mais quand même une aubaine. Je peux aller jusqu'à dire: une aubaine inespérée.

— *Et si Marie-Thérèse Bousquet avait persisté à ne pas vouloir revenir malgré le départ de Claire? Vous y aviez pensé?*

— Oui. J'aurais pris quelqu'un d'autre. Il aurait bien fallu. Je ne peux pas tenir ma maison tout seul.

— *Mais en vous débarrassant de Claire de la même façon qu'en reprenant Marie-Thérèse?*

— Oui, encore davantage si je peux dire parce qu'une personne nouvelle n'aurait pas du tout supporté la présence de Claire dans la maison.

— *C'est pour toutes ces raisons que vous n'avez pas insisté pour en savoir davantage sur le départ de Marie-Thérèse?*

— Peut-être.

Mais il y a aussi que je l'ai très peu vue pendant ces cinq jours. Il faisait beau, elle est restée dans le jardin. C'est moi qui suis allé faire les courses en rentrant du travail.

— *Elle ne mangeait pas?*

— Non, elle ne voulait pas. Je crois qu'elle mangeait la nuit. Il fallait bien qu'elle mange quelque chose.

Un matin j'ai vu que le pain avait diminué.

— *Elle était très abattue pendant ces cinq jours?*

— Quand je partais elle était dans le jardin. Quand je rentrais elle y était encore. Je la voyais très peu. Mais je ne crois pas qu'elle était abattue. Je parle de la période des cinq jours qui a suivi le crime. Je me perds un peu dans les dates. Pendant la période du crime, si je me souviens bien, une fois, oui je l'ai retrouvée endormie sur le banc, dans le jardin, elle paraissait exténuée. Le lendemain elle est allée à Paris. Je l'ai trouvée tout habillée vers deux heures de l'après-midi. Elle m'a dit qu'elle allait à Paris. Elle est revenue tard, vers dix heures du soir. Il doit y avoir sept jours de cela,[50] c'était cinq jours avant la soirée du *Balto*, le samedi.

— *C'est-à-dire la veille de la dernière nuit qu'elle a passée à la cave?*

— Si on ne s'est pas trompé, oui, c'est ça.

— *Elle allait rarement à Paris?*

— Depuis quelques années, oui, rarement.

A part ce voyage à Paris, que ce soit pendant ou après le crime, elle a dû passer ses journées dans le jardin.

— *Il paraît qu'elle a toujours passé beaucoup de temps dans ce jardin. Alors, quelle est la différence?*

— C'est-à-dire aucune... sinon qu'il n'y avait plus d'heures dans la maison depuis qu'il n'y avait plus Marie-Thérèse,[51] et qu'elle pouvait y rester autant qu'elle voulait, jusqu'à la nuit.

— *Vous ne l'appeliez pas?*

— Je n'avais plus envie de le faire.

J'avoue qu'elle me faisait un peu peur depuis quelque temps, depuis qu'elle avait jeté le transistor dans le puits. Je croyais que c'était la fin.

— *Cette peur n'était pas aussi un soupçon?*

— Ce n'était pas un soupçon qui portait sur ce qui s'est passé. Comment voulez-vous qu'on imagine une chose pareille?

— *Vous l'avez revue depuis qu'elle est arrêtée?*

— Oui, le lendemain, je suis allé à la prison, on m'a laissé la voir.

— *Quel effet vous fait-elle maintenant?*

— Je ne comprends plus rien, même à moi-même.

— *Vous aviez peur de quoi?*

— En l'absence de Marie-Thérèse j'avais peur de tout.

— *Elle la surveillait?*

— Oui, bien sûr. Il le fallait. Gentiment, n'ayez crainte. J'avais peur qu'elle fasse un scandale, qu'elle se supprime... Vous savez après des événements pareils, on croit se rappeler des choses qu'on n'a peut-être pas pensées.

— *Vous n'êtes pas allé à la cave pendant ces jours-là?*

— J'y vais pour chercher du bois l'hiver. Là, il faisait chaud, on ne faisait plus de feu. D'ailleurs sans que je lui demande rien, je traversais le jardin pour partir, elle m'a dit: «Marie-Thérèse a emporté la clef de la cave, ce n'est pas la peine d'y aller.»

— *Vous aviez peur qu'elle se supprime ou bien vous l'espériez?*

— Je ne sais plus.

— *Cette scène au Balto où vous avez tenu des propos — curieux — vous vous en souvenez bien?*

— Oui. Très bien.

Je ne comprends pas encore ce qui m'a pris.

— *Nous en reparlerons si vous voulez.*

Je voudrais vous demander votre avis: vous croyez qu'elle a agi toute seule ou que quelqu'un l'a aidée?

c

— Je suis sûr: seule. Comment voulez-vous qu'il en soit autrement?

— *Elle a dit paraît-il qu'elle a rencontré Alfonso une fois, vers deux heures du matin, quand elle allait au viaduc avec son sac à provisions.*

— Alors je ne sais pas.

On a interrogé Alfonso avant son départ?

— *Oui. Il a nié l'avoir rencontrée depuis le crime. Mais il dit qu'il la rencontrait souvent dans le village, la nuit, cela depuis des années.*

— C'est vrai? Ce n'est pas possible.

— *A moins qu'Alfonso ne dise pas la vérité?*

— Non, s'il l'a dit c'est vrai.

— *Qu'est-ce qu'elle disait d'Alfonso?*

— Elle n'en parlait pas plus que du reste. Quand il venait couper du bois elle était contente. Elle disait: «Heureusement qu'il y a Alfonso à Viorne.» C'est tout.

— *Je ne suis pas là pour vous interroger sur les faits, comme vous le savez, mais sur le fond. C'est votre avis sur elle qui importe.*

— Je comprends.

— *Pourquoi, d'après vous, a-t-elle dit qu'elle avait rencontré Alfonso?*

— Elle l'aimait beaucoup, alors normalement elle aurait dû ne rien dire là-dessus pour lui éviter des ennuis. Je ne sais pas.

— *Est-ce que vous compreniez qu'elle ait de l'affection pour Alfonso?*

— C'était un brave homme qui vivait dans une cabane dans le bois, en haut, vous savez. Il ne parlait pas beaucoup lui non plus, il est d'origine italienne, célibataire. Mais à Viorne on disait qu'Alfonso était un peu simple... vous comprenez... Elle, elle devait imaginer des histoires sur lui, sans ça, non, je ne m'explique pas qu'elle lui ait été aussi attachée.

— *Ils ne se ressemblaient pas un peu?*

— Peut-être au fond, oui. Mais elle était plus fine que lui quand même.

Je ne crois pas qu'elle avait la même réputation que lui à Viorne, mais enfin, peut-être que je me trompe.

Qu'est-ce qu'on dit d'elle, vous vous êtes renseigné?

— *Maintenant on dit ce qu'on dit toujours: qu'un jour ou l'autre… elle devait passer aux actes… Avant, je ne sais pas ce qu'on disait d'elle. Mais personne ne dit que vous avez été malheureux avec elle.*

— J'ai toujours caché la vérité.

— *Laquelle?*

— Oh, sur la vie qu'elle me faisait mener. C'était l'indifférence complète depuis des années.

Depuis des années elle ne nous regardait plus. A table elle tenait les yeux baissés. Quand elle nous parlait, on aurait dit qu'elle soulevait un poids comme si on l'avait intimidée. Comme si elle nous connaissait de moins en moins à mesure que le temps passait. Quelquefois j'ai pensé que ç'avait été la présence de Marie-Thérèse qui l'avait habituée à ne plus parler, et même, il m'est arrivé de regretter de l'avoir fait venir. Mais comment faire autrement? Elle ne s'occupait de rien. Sitôt les repas terminés elle retournait dans le jardin ou bien dans sa chambre, ça dépendait du temps. Depuis des années.

— *Qu'est-ce qu'elle faisait dans le jardin ou dans sa chambre?*

— Pour moi elle devait dormir.

— *Vous n'alliez jamais la voir, lui parler?*

— Non, je n'y aurais même pas pensé. Il aurait fallu vivre avec elle pour le comprendre. Quand on est mariés depuis longtemps on ne se parle plus beaucoup mais nous, encore moins que les autres. De temps en temps c'était quand même nécessaire que je lui parle. Pour les gros achats, les réparations de la maison, je la mettais au courant, j'y tenais, elle était toujours d'accord, remarquez, surtout pour les réparations. Un ouvrier dans la maison, ça lui plaisait beaucoup, elle le suivait partout, elle le regardait travailler. Parfois même c'était un peu gênant pour l'ouvrier, enfin le premier jour, après il la laissait faire. Au fond, c'était une espèce de folle qu'on avait dans la maison, mais tranquille, c'est pourquoi on ne s'est pas méfiés assez. Au fond, oui. Il ne faut pas chercher ailleurs.

Vous voyez c'est à ce point que je me suis demandé si elle n'avait pas tout inventé, si c'était bien elle qui avait tué cette pauvre fille...

— *C'est elle. Les empreintes digitales concordent.*[52] *C'est irréfutable.*
— Je sais.

Elle, une femme, où a-t-elle trouvé la force?... il n'y aurait pas les preuves, vous ne le croiriez pas vous non plus?

— *Personne ne le croirait, elle non plus peut-être.*

Elle dit qu'une fois — elle n'a pas précisé quand c'était — elle vous a demandé s'il vous était déjà arrivé de rêver que vous commettiez un crime. Vous vous en souvenez?

— Le juge m'a déjà posé la question. Il y a deux ou trois ans il me semble. Un matin. Je me suis souvenu vaguement qu'elle m'a parlé d'un rêve de crime. J'ai dû lui répondre que ça arrivait à tout le monde, que ça m'était arrivé à moi aussi. Elle a dû me demander pourquoi. J'ai oublié ce que j'ai répondu.

— *Ça ne vous a pas frappé autrement?*
— Non.
— *Et vous disiez la vérité quand vous disiez que cela vous était arrivé à vous aussi?*
— Oui. Une fois surtout. Un cauchemar.
— *Quand?*
— Je ne sais plus très bien, un peu avant qu'elle pose cette question, je crois.
— *Qui était-ce dans ce cauchemar?*
— C'est un peu ce que j'ai raconté dans le café de Robert, *Le Balto*, le soir où elle a avoué : j'appuyais sur un bouton, tout sautait et...

— *Vous n'êtes pas forcé de répondre, je vous le rappelle.*
— Je sais.
Mais il faut bien, une fois. C'était Marie-Thérèse Bousquet.

Mais en même temps, dans le cauchemar, je pleurais parce que je m'apercevais que je m'étais trompé de personne. Je ne savais pas clairement qui devait mourir mais ce n'était pas Marie-Thérèse. Il me semble que ce n'était pas ma femme non plus.

— *Vous n'avez pas cherché à vous rappeler qui c'était?*

— Si, mais je n'ai pas réussi.

Ça n'a rien à voir avec ce qui vient de se passer, pourquoi me questionnez-vous là-dessus?

— *Je vous rappelle que vous n'étiez pas forcé de répondre.*

J'essaye de savoir pourquoi votre femme a tué Marie-Thérèse Bousquet. Je remarque que vous avez tué tous les deux la même personne, vous en rêve, elle en réalité: celle qui vous voulait le plus de bien.

— Mais moi je savais que je me trompais.

— *L'erreur ne devait pas faire partie de votre rêve de crime, c'est tout de suite après que vous avez dû la corriger.*

— Mais comment?

— *Par un deuxième rêve. Vous avez dû faire un deuxième rêve, où vous avez pleuré.*

— C'est possible. Je n'y suis pour rien.[53]

— *Bien sûr. D'ailleurs vous n'avez pas dû commettre le même crime, votre femme et vous — à travers Marie-Thérèse — que ce soit en rêve ou en réalité. Vos véritables victimes devaient être différentes.*

Dans ce récit imaginaire que vous avez fait le soir de l'aveu qui c'était?

— Ce n'était plus personne. C'était la forme du rêve seulement.

— *Est-ce que vous avez parlé de ce rêve à votre femme, je veux dire dans le détail?*

— Surtout pas, non.

— *Pourquoi?*

— Je ne lui racontais rien de pareil. Si je lui ai parlé de ce rêve c'était pour la tranquilliser, parce qu'elle m'avait questionné. De moi-même je ne lui aurais rien dit.

On ne se parlait presque plus, surtout à la fin. Je ne lui disais même plus quand je sortais. Et puis il fallait un temps fou pour lui raconter une histoire très simple. Il fallait deux heures pour qu'elle comprenne ce qu'on lui disait.

— *Quoi par exemple?*

— N'importe quoi. Tout. Et puis...

— *Oui?...*

— Elle était indiscrète, elle ne comprenait pas qu'il y avait des choses à ne pas dire. Si je lui avais raconté mon rêve de Marie-Thérèse, elle aurait été capable d'en parler à table, devant elle, la pauvre.

— *Elle n'entendait pas?*

— Elle comprenait tout au mouvement des lèvres, tout. Vous le savez quand même?

— *Je devais le savoir, oui.*

— Rien ne lui échappait de ce que vous disiez. Tout l'intéressait. Elle, une explication suffisait, et elle avait beaucoup de mémoire. Tandis que ma femme oubliait tout du jour au lendemain. Il fallait recommencer à tout lui expliquer d'un jour à l'autre.

J'étais un homme très seul avec elle. Maintenant que c'est fini je peux bien le dire.

— *Elle n'oubliait pas tout de la même façon?*

— Non, bien sûr, je simplifie... Elle avait sa mémoire à elle. De Cahors, par exemple, elle se souvenait comme si elle l'avait quitté la veille, oui c'est vrai.

— *Vous la trompiez beaucoup?*

— Tous les hommes l'auraient trompée. Je serais devenu fou si je ne l'avais pas trompée. D'ailleurs elle devait le savoir et ça lui était égal.

— *Et elle, de son côté?*

— Je ne crois pas qu'elle m'ait trompé jamais. Non pas par fidélité mais parce que pour elle tout se valait. Même au début, quand on... enfin vous comprenez ce que je veux dire, j'avais le... sentiment qu'un autre aurait été à ma place, il aurait fait l'affaire, sans différence pour elle.

— *Elle aurait donc pu passer d'un homme à l'autre tout aussi bien?*

— Oui, mais tout aussi bien elle pouvait rester avec le même. J'étais là.

— *Vous pouvez me donner un exemple de ce qu'elle comprenait le moins?*

— Les choses de l'imagination elle ne les comprenait pas. Une histoire inventée, une pièce à la radio par exemple, on n'arrivait pas à lui faire admettre qu'elle n'avait jamais existé. C'était une enfant par certains côtés.

La télévision, elle la comprenait, à sa façon, bien sûr, mais au moins elle ne posait pas de questions.

— *Elle lisait le journal?*

— Elle prétendait qu'elle lisait mais je n'en suis pas sûr. Elle lisait les titres et puis elle le posait. Moi qui la connais je vous dis qu'elle ne lisait pas le journal.

— *Elle faisait semblant?*

— Non, elle ne faisait pas semblant. Elle ne faisait semblant de rien. Même pas. Elle croyait qu'elle lisait le journal, c'est différent. Une fois, il y a bien dix ans de ça, elle s'était mise à lire avec passion, vous savez, ces bêtises, ces petits illustrés pour les enfants et puis après, plus rien.

C'est vrai que c'est à cause de moi qu'elle a cessé d'en lire. Ça m'avait agacé, et effrayé un peu. Elle les chipait dans les pupitres des élèves quand elle était femme de service à l'école. Je lui avais interdit d'en rapporter et puis comme elle avait continué je les avais déchirés. Après elle s'est découragée.

Pour les illustrés, c'est donc à cause de moi si elle n'en lisait plus. Là j'ai dû lui faire de la peine, mais c'était pour son bien.

Après, elle aurait pu en lire autant qu'elle aurait voulu, ça m'aurait été égal, seulement elle en avait perdu le goût. Enfin. Que c'est triste, quand même, pauvre femme.

— *Qui?*

— Claire, ma femme.

Un jour je l'ai forcée à lire un livre.

C'était vers cette même époque des illustrés, je l'ai forcée à me lire un livre à voix haute, un peu chaque soir — c'était des récits de voyages, je me souviens très bien. Un livre instructif et amusant à la fois. Ça n'a rien donné. J'ai abandonné au milieu du livre. La moitié de ce livre c'est tout ce qu'elle a lu de sérieux dans sa vie je crois bien.

— *Ça ne l'intéressait pas?*

— C'est-à-dire, elle ne voyait pas l'intérêt d'apprendre, elle ne savait pas apprendre, elle ne pouvait fixer son attention que sur une chose à la fois. On décrivait un pays, elle oubliait celui de la veille.

J'ai eu beaucoup de mal au début.[54] Après j'ai laissé aller, on ne peut pas s'opposer à quelqu'un qui ne veut pas changer.

— *Vous avez fait quelles études?*[55]

— J'ai la première partie du baccalauréat.[56] J'ai passé un concours. Je suis vérificateur à l'enregistrement.[57] J'ai dû abandonner mes études parce que mon père est mort et que j'ai été obligé de travailler. Mais j'ai toujours essayé de me tenir au courant. J'aime la lecture.

— *Est-ce que vous pourriez dire d'elle qu'elle est sans intelligence aucune?*

— Non. Je ne le dirai pas. Quelquefois elle avait des jugements justes. Tout d'un coup, sur quelqu'un, elle faisait une remarque qui étonnait. Il lui arrivait aussi — dans des crises — d'être très drôle. Quelquefois elles faisaient les folles avec Marie-Thérèse; je vous parle du début quand Marie-Thérèse venait d'arriver chez nous. Que c'est loin.

Quelquefois aussi elle parlait d'une façon curieuse, un peu comme si elle avait récité des phrases écrites qu'elle aurait lues dans certains livres modernes alors que jamais bien sûr...

Je me souviens de deux ou trois choses, sur les fleurs du jardin. Elle disait: «La menthe anglaise est maigre,[58] elle est noire, elle a l'odeur du poisson, elle vient de l'Ile des Sables.[59]»

— Qu'auriez-vous fait si vous aviez continué vos études?

— J'aurais aimé entrer dans l'industrie.

— Vous avez dit qu'elle était sans imagination ou ai-je mal compris?

— Vous avez mal compris. J'ai voulu dire qu'elle ne comprenait pas l'imagination des autres. Son imagination à elle, c'est sûr, c'est certain, était très forte. Elle devait tenir une place plus grande que tout le reste dans sa vie.

— Vous ne connaissiez rien de cette imagination?

— Presque rien… Ce que je crois pouvoir dire c'est que les histoires qu'elle inventait auraient pu exister. Au départ, elles partaient d'une base juste — elle n'inventait pas tout — c'est ensuite qu'elles allaient dans n'importe quelle direction. Par exemple, il lui arrivait de se plaindre de reproches que je ne lui faisais pas, jamais, surtout les derniers temps — mais c'était de reproches que j'aurais très bien pu lui faire, qui auraient été justifiés, comme si elle avait lu dans ma pensée.

Il lui arrivait aussi de nous rapporter des conversations qu'elle croyait avoir eues, dans la rue, avec des passants. Personne n'aurait pu croire qu'elle les inventait jusqu'au moment où elle faisait dire une phrase insensée à la personne en question.

— Elle ne souffrait pas de vieillir à votre avis?

— Non, pas du tout. C'était son meilleur côté. Ça réconfortait quelquefois.

— Comment le saviez-vous?

— Je le savais.

— Que diriez-vous d'elle?

— Dans le sens de savoir si elle était intelligente ou non?

— Oui, si vous voulez.

— Que rien ne restait en elle, que c'était impossible qu'elle apprenne quoi que ce soit.

Qu'elle n'avait nul besoin d'apprendre, quoi que ce soit. Qu'elle ne pouvait comprendre que ce qu'elle pouvait expliquer par elle-même, comment, je n'en sais rien. Elle était comme fermée à tout et comme ouverte à tout, on peut dire les deux choses, rien ne restait en elle, elle ne gardait rien. Elle fait penser à un endroit sans portes où le vent passe et emporte tout. Quand j'ai compris que ce n'était pas de sa faute j'ai abandonné le projet de l'instruire.

Je me demande encore comment elle a réussi à apprendre à lire, à écrire.

— *Pourrait-on dire qu'elle était sans curiosité aucune?*

— Non plus. On pourrait dire que sa curiosité était à part. Les gens l'intriguaient en bloc et non pas dans le détail de ce qu'ils pouvaient dire ou faire. Je crois que pendant tout un temps Marie-Thérèse l'a intéressée de cette façon. Au début surtout. Elle se demandait comment elle faisait pour vivre. Elle se l'était demandé pour Alfonso aussi.

— *Elle devenait Alfonso? Marie-Thérèse?*

— Presque. Elle coupait du bois pendant deux jours pour faire comme Alfonso. Ou bien elle se mettait de la cire dans les oreilles pour être comme Marie-Thérèse. Il aurait fallu la voir. C'était difficile à supporter.

— *Est-ce qu'elle ne voyait pas les autres comme incomplets, vides, avec l'envie de les remplir, les finir, avec ce qu'elle inventait, elle?*

— Je vois ce que vous voulez dire. Non, ç'aurait été plutôt le contraire. Elle devait voir les autres comme s'ils avaient été impossibles à connaître par les moyens habituels, la conversation, le sentiment. Comme des blocs justement. Mais vous le dire précisément, je ne le pourrais pas.

Voyez, quand je l'ai rencontrée, je l'ai aimée pour cette raison-là, j'y ai pensé, beaucoup, et j'en suis sûr. Et quand je me suis détaché d'elle, quand je suis allé vers d'autres femmes, c'était aussi pour cette raison, la même: elle n'avait pas besoin de moi. Pour me connaître, pour me comprendre, on aurait dit qu'elle pouvait se passer de moi.

— *Elle était pleine de quoi? dites le premier mot qui vous vient à l'esprit?*

— Je ne sais pas, je ne peux pas. D'elle?

— *Mais elle, qui?*
— Je ne sais pas.

— *Ça vous ennuie ou ça vous intéresse de parler d'elle?*
— Ça m'intéresse.
Ça m'intéresse plus que je n'aurais pensé.
Peut-être parce que tout est fini.

On lui a posé la même question?
— *Je ne sais pas, je ne crois pas.*
Elle n'écrivait jamais de lettres n'est-ce pas?

— Elle a écrit aux journaux, autrefois, je le sais. Mais depuis dix ans, peut-être plus, je crois qu'elle ne l'a plus fait. Non. Elle ne devait presque plus savoir écrire.
D'ailleurs elle n'avait plus personne à Cahors à qui elle aurait pu écrire, sauf cet oncle — le plus jeune frère de sa mère, qui a à peu près son âge. Mais elle n'y tenait pas.
— *A cet homme, l'agent de Cahors?*
— Comment connaissez-vous son existence?
— *Elle en a parlé au juge d'instruction.*

— Non, je ne crois pas. Non, même au début, je ne crois pas.
Imaginer qu'elle pouvait écrire à quelqu'un — donner des nouvelles — en demander, c'est impossible quand on la connaît. Aussi impossible que de l'imaginer en train de lire un livre. Tandis qu'aux journaux elle pouvait écrire tout ce qui lui passait par la tête.
— *Elle n'a jamais revu cet agent après son mariage avec vous?*
— A ma connaissance, non, jamais.
Elle avait été très malheureuse avec lui. Je crois qu'elle voulait l'oublier.
— *Quand?*
— Quand elle m'a connu, elle voulait l'oublier.
— *C'est pour l'oublier qu'elle s'est mariée?*
— Je ne sais pas.
— *Pourquoi l'avez-vous épousée?*

— Je suis tombé amoureux d'elle. Physiquement elle me plaisait beaucoup. Je peux dire que j'étais fou d'elle de ce point de vue. Ça m'a sans doute empêché de voir le reste.

— *Le reste?*

— Son caractère tellement bizarre, sa folie.

— *Avez-vous réussi à lui faire oublier l'agent de Cahors à votre avis?*

— Je ne crois pas, c'est le temps, à la longue, ce n'est pas moi. Et même si c'était moi, je ne l'ai pas remplacé.

— *Elle ne vous en parlait jamais?*

— Jamais. Mais je savais qu'elle y pensait, au début surtout. Mais qu'en même temps, elle voulait l'oublier, je le savais aussi. Quand Marie-Thérèse est arrivée elle n'a même pas cherché à savoir si elle l'avait connu ou non à Cahors. Je le sais, j'en suis sûr.

C'est à cause de lui qu'on n'est jamais allés passer nos vacances à Cahors. Je ne tenais pas à ce qu'elle le revoie. On m'avait dit qu'il avait cherché à avoir son adresse, je me méfiais.

— *Vous teniez donc à ne pas la perdre?*

— Oui, malgré tout, oui même après les premiers temps du mariage.

— *Vous, vous ne lui avez jamais parlé de l'agent de Cahors?*

— Non.

— *Elle vous avait demandé de ne pas lui en parler?*

— Non. Il n'y avait pas de raison pour que je lui en parle. Pour m'entendre dire qu'elle l'aimait encore, ce n'était pas la peine.

— *Vous êtes d'un caractère à éviter de parler de ce qui vous fait souffrir?*

— Oui, je suis ainsi.

— *Vous saviez qu'elle avait essayé de se tuer à cause de lui? Qu'elle s'était jetée dans un étang?*

— Je l'ai appris deux ans après notre mariage.

— *Comment?*

— A ce moment-là j'étais militant dans un parti politique. Ce souvenir est lié à la politique parce que c'est un copain originaire de Cahors qui par hasard l'avait su qui me l'a dit. Dans le parti on avait très peu de conversations personnelles. On a vite parlé d'autre chose.

— *Vous ne lui en avez pas parlé, à elle?*

— Non.

— *Votre attitude avec elle n'a pas été modifiée?*

— Si, dans le mauvais sens, forcément. Je savais qu'elle ne se serait pas tuée si moi je l'avais quittée.

— *Vous n'avez jamais pensé à le faire?*

— Si, mais jamais assez sérieusement pour le faire vraiment.

— *Est-ce que vous auriez pensé que c'était une femme capable de se suicider avant de l'apprendre?*

— Ça ne m'a pas tellement frappé de l'apprendre. Alors c'est que je devais l'en croire capable. Mais pour ce qu'elle vient de faire, cette horreur, non, bien entendu.

— *Vous êtes sûr?*

—

— *Pourquoi ne l'avez-vous jamais quittée?*

— Ce que j'avais à lui reprocher n'était pas un motif suffisant de divorce. Elle tenait mal la maison mais très vite Marie-Thérèse est venue et ça n'a plus été un problème.

J'ai repensé à ce qu'avait été notre existence ces jours-ci. Il y a eu une période où je l'aimais encore trop pour la quitter — c'est quand je souffrais le plus de son indifférence à mon égard. Ensuite, pendant des années — j'avais commencé à voir d'autres femmes — cette indifférence au lieu de me faire souffrir me charmait, m'attirait. Elle avait encore des moments de coquetterie. Alors elle devenait comme une visiteuse, un soir. Elle a gardé longtemps des manières gracieuses, un sourire de jeune fille.

Ensuite, ça a été fini, tout à fait.

— *Vous êtes mariés sous le régime de la séparation de biens?*[60]

— Oui. De mon fait à moi.

— Aviez-vous peur de ce qu'elle aurait fait si vous l'aviez quittée?

— Non, pas du tout.

Elle serait sans doute retournée à Cahors. Peut-être dans cette laiterie. Il n'y aurait pas eu de quoi avoir peur.

— Il n'a jamais été question de divorce entre vous?

— Non. Je ne lui en ai jamais parlé.

Peut-être que je n'ai jamais rencontré de femme que j'aime assez pour la quitter, elle. J'ai cru le contraire une ou deux fois mais maintenant, avec l'éloignement, je sais que je n'ai encore aimé aucune femme comme je l'ai aimée elle. Elle ne le sait pas.

— Vous connaissiez l'existence de cet autre homme avant de vous marier avec elle?

— Oui, et par elle. Elle ne m'avait pas dit qu'ils avaient vécu ensemble. Mais je l'ai quand même su avant le mariage, et aussi qu'elle avait été très malheureuse avec lui. J'ai décidé de passer l'éponge. On ne peut pas empêcher une femme de trente ans d'avoir un passé. Et puis je voulais l'avoir à moi, j'aurais passé sur n'importe quoi.

— Vous n'auriez pas pu vivre avec elle? éviter de vous marier?

— Je ne sais pas, je n'y ai pas pensé.

Il y a maintenant vingt-quatre ans. Comme dans une autre vie.

— Vous regrettez de l'avoir épousée quand vous pensez à votre existence?

— Oh, que je le regrette ou non, maintenant plus rien ne compte.

— Mais le regrettez-vous?

— Je regrette tout ce que j'ai fait.

— Mais elle plus que le reste?

— Non. J'ai eu avec elle des moments de bonheur personnel que je ne peux pas regretter.

C'est à elle seulement que vous vous intéressez à travers tout ce que je peux vous dire n'est-ce pas?

— Oui.

— A cause de ce crime seulement?

— *C'est-à-dire que ce crime a fait que je m'intéresse à elle.*

— Parce qu'elle est folle?

— *Plutôt parce que c'est quelqu'un qui ne s'est jamais accommodé de la vie.*

— Ce que je vous dis d'elle vous amène-t-il vers une explication de son crime?

— *Vers plusieurs explications, différentes de celles qui m'étaient venues à l'esprit avant de vous entendre. Mais je n'ai pas le droit d'en retenir une dans le livre qui se fait.*

— Ça ne sert à rien, ce sont des mots. On ne peut pas revenir en arrière.

— *Ce que vous venez de dire là: «Ça ne sert à rien, ce sont des mots. On ne peut pas revenir en arrière» fait partie de votre langage habituel n'est-ce pas?*

— Il me semble, oui, j'ai parlé comme d'habitude. Comme un imbécile que je suis.

— *Pourquoi dites-vous ça? Vous le dites machinalement comme vous avez dit l'autre phrase?*

— Oui, c'est vrai.

— *Elle ne parle jamais de cette façon j'imagine?*

— Non jamais. Elle ne fait jamais de réflexions sur la vie.

— *Y a-t-il d'autres raisons qui ont fait que vous n'avez pas divorcé?*

— C'est-à-dire, j'en vois tant d'autres qui étaient plus malheureux que moi.

Et puis j'avoue qu'avec elle j'étais libre. Elle ne m'a jamais posé la moindre question. Cette liberté-là je ne l'aurais eue avec personne d'autre, personne. Je sais que ce ne sont pas là des motifs très brillants mais c'est la vérité. Maintenant que tout est fini je peux bien le dire à tout le monde, ça m'est égal: je me disais que si je l'avais trompée, elle, elle que j'avais tellement aimée, j'aurais trompé les autres encore bien davantage mais beaucoup moins librement. Voilà ce que je me disais. J'étais désabusé.

Il y a aussi, je vous l'ai dit, que pendant longtemps elle m'a plu encore — vous comprenez ce que je veux dire, c'était plus fort que moi.

Une fois, dans ce parti politique, j'ai rencontré une jeune femme avec qui j'aurais aimé vivre. Elle était libre et elle me plaisait beaucoup. Elle était plus jeune que moi, mais ça lui était égal — d'autant que je ne marquais pas mon âge à cette époque-là. J'ai eu avec elle une liaison qui a duré deux ans.

Très souvent, je disais à Claire que j'allais en déplacement et c'était avec elle que j'étais. Une fois nous sommes allés sur la Côte d'Azur. Quinze jours. A Nice. Il était entendu qu'après ce voyage je devais décider soit de quitter Claire, soit de rompre avec cette jeune femme. J'ai rompu.

— *Pourquoi?*

— Peut-être était-ce parce que cette femme était jalouse de Claire et que toutes les confidences que je lui avais faites sur ma vie, elle s'en était servie ensuite pour me convaincre de la quitter.

Peut-être aussi que j'étais trop habitué à Claire qui n'avait jamais rien exigé de moi, rien. Je vous donne des raisons qui sont en plus de celles que je vous ai dites sur ma liberté et sur mon attachement à elle.

— *Vous n'avez jamais été tenté... il n'y a jamais rien eu entre Marie-Thérèse Bousquet et vous?*

— Mettons que ça m'ait traversé l'esprit quelquefois, mais sans plus. Je ne suis pas un homme à avoir des histoires de ce genre.

— *Des histoires de ce genre?...*

— Je veux dire avec quelqu'un qui travaillait chez moi et qui, de plus, était la cousine de ma femme.

C'était très facile avec Marie-Thérèse, on a dû vous le dire?

— *On m'a dit qu'on l'avait souvent vue avec des Portugais le soir dans la forêt. Mais elle n'a jamais eu d'aventure suivie?*

— Non. Comment voulez-vous? infirme comme elle était?

— *Et avec Alfonso?*

— Je ne crois pas mais bien sûr je ne peux rien affirmer.

— *Si on vous demandait quel rôle vous avez eu dans la vie de Claire Bousquet, que répondriez-vous?*

— J'avoue que je ne me suis jamais posé la question.

— *C'est une question qui n'a pas grand sens. Mais on peut quand même y répondre.*

— Je ne sais pas le rôle que j'ai eu dans sa vie. Je n'en vois pas.

— *Que serait-elle devenue si vous ne l'aviez pas épousée?*

— Oh! Un autre homme l'aurait épousée. Elle était charmante, vraiment. Elle aurait eu la même vie. De ça je suis sûr. Elle aurait découragé tous les hommes comme elle m'a découragé. Ils l'auraient sans doute quittée, eux, mais elle en aurait retrouvé d'autres. De cela aussi je suis sûr.

Vous vous souvenez, je vous ai dit qu'elle m'avait menti sur certaines choses de son passé?

— *Oui.*

— C'était justement sur ce point, qu'avant notre rencontre elle avait eu beaucoup d'amants.

— *Tout de suite après son suicide?*

— Oui, pendant deux ans.

Je n'en savais rien, je l'ai appris après le mariage.

— *Elle vous a menti? ou elle ne vous en a pas parlé?*

— Elle ne m'en a pas parlé comme il aurait été normal qu'elle le fasse et ensuite, quand je l'ai questionnée elle a nié. Pourquoi? je n'en sais rien.

— *Donc il vous est arrivé de lui parler de son passé?*

— Cette fois-là, oui. C'était quelques semaines après le mariage. Après, plus jamais.

Je réponds à votre question: un autre que moi… enfin, pas mal d'autres à ma place auraient pensé que l'ayant épousée ils l'avaient sauvée, que c'était là le rôle qu'ils auraient joué dans sa vie, le seul sans doute.

— *Il ne vous arrivait jamais d'y penser?*

— Dans les mauvais moments, oui. Je le disais aux autres femmes. Mais j'étais de mauvaise foi. Je savais bien qu'on ne sauve pas quelqu'un qui se fiche d'être sauvé ou non. Je l'aurais sauvée de quoi? Pour lui donner quoi? Je n'ai pas de préjugés contre les putains ou les femmes qui font la vie.

Si personne ne l'avait épousée, elle aurait continué à coucher avec tout le monde jusqu'à la vieillesse et à travailler comme une abrutie dans sa laiterie. Et alors?

Maintenant je pense que ça n'aurait pas été plus mal.

— *Ç'aurait été mieux?*

— Oh, pour elle, cette vie-là ou une autre, elle se serait contentée de n'importe quoi. Rien ne l'aurait fait changer — et un jour il y aurait eu cette horreur, qu'elle ait vécu avec moi ou un autre, il y aurait eu un crime, j'en suis convaincu.

Même avec l'agent de Cahors je suis sûr qu'elle n'avait pas d'idées sur la vie qu'elle aurait voulu avoir avec lui, je veux dire sur une façon de vivre plutôt qu'une autre qu'elle aurait choisie.

— *Les gens de Viorne, les commerçants, vos voisins, disent qu'il n'y avait, apparemment, jamais de drames entre vous.*

— C'est vrai, jamais, même pas.

Qu'est-ce qu'ils disent d'autre?

— *Ils disent que vous aviez, effectivement, des liaisons avec d'autres femmes, et même avec des femmes de Viorne. Que votre femme l'admettait.*

Avant l'arrivée de Marie-Thérèse Bousquet, elle s'occupait quand même un peu de votre ménage?

— Oui mais sans goût, vous voyez. Elle nettoyait très bien. La cuisine, elle n'a jamais su la faire.

— *Après l'arrivée de Marie-Thérèse que faisait-elle dans la maison?*

— De moins en moins de choses chaque année.

— *Mais quoi?*

— Un jour sur deux elle faisait les courses.

Elle faisait sa chambre. — Uniquement sa chambre. Elle l'a toujours faite, très bien, à fond, tous les jours. Trop.

Elle faisait sa toilette très longuement. Ça lui prenait au moins une heure le matin.

Pendant des années elle s'est beaucoup promenée, soit à Viorne, soit à Paris. Elle allait au cinéma à Paris. Ou bien elle allait voir Alfonso couper du bois. Elle regardait la télévision. Elle lavait ses affaires, elle ne voulait pas que Marie-Thérèse le fasse.

Qui sait ce qu'elle faisait encore? elle était dans ce jardin et puis?

Je la voyais très peu. Les jours de congé j'étais dans le potager derrière la maison — le jardin est devant — Marie-Thérèse était dans la cuisine ou à traîner dans Viorne. On se retrouvait le soir au dîner. Il fallait appeler Claire une dizaine de fois avant qu'elle vienne à table.

Mais pendant les dernières années, les derniers mois surtout, dès le printemps, elle passait tout son temps dehors, assise sur le banc à ne rien faire, rien. Je sais que c'est difficile à croire mais c'est vrai.

— *Marie-Thérèse faisait très bien la cuisine?*
— A mon avis, c'était une excellente cuisinière.
— *Sa cuisine était meilleure qu'aucune autre?*
— Oui, j'étais souvent dehors, je pouvais comparer. C'était chez moi que je mangeais le mieux.
— *Votre femme appréciait-elle la cuisine de sa cousine?*
— Je crois, oui. Elle n'a jamais rien dit là-dessus.

— *Rien, vous êtes sûr?*
— Sûr. Pourquoi?
— *Jamais Marie-Thérèse Bousquet n'a pris de vacances?*
— Elle n'était pas domestique chez nous, ne confondez pas, elle aurait voulu s'en aller quinze jours, elle aurait pu, elle était tout à fait libre.
— *Mais elle ne l'a jamais fait?*
— Non, jamais. La vraie maîtresse de maison c'était elle. Elle

était chez elle. Elle décidait de tout, des menus, des réparations à faire. Partir, pour elle ç'aurait été abandonner sa maison, à Claire, cette souillon.

— *Depuis vingt et un ans Claire, votre femme, mangeait donc la cuisine de Marie-Thérèse Bousquet?*

— Oui. Pourquoi?

C'était une bonne cuisine, très bonne même, variée et saine.

— *Il n'y avait jamais de drame non plus entre les deux femmes?*

— Non. Bien sûr, je ne pourrai pas tout à fait vous l'affirmer, je les laissais toute la journée seules toutes les deux, et souvent plusieurs jours d'affilée, comme je vous l'ai dit — mais je ne crois pas.

— *Cherchez bien.*

— Je cherche.

Non, je ne vois rien.

— *Comment en parlait-elle?*

— Normalement. Une fois, elle m'a appelé et elle l'a montrée du doigt de loin, de la porte de la cuisine. Elle riait. Elle m'a dit: «Regarde-la, de dos elle ressemble à un petit bœuf.» On a ri sans méchanceté. C'était vrai. Bien souvent quand je voyais Marie-Thérèse, ça me revenait à l'esprit.

Quelquefois, quand elles étaient plus jeunes, je les retrouvais le soir en train de jouer aux cartes toutes les deux. L'hiver surtout. Non, je crois que tout allait bien.

Aucun drame. Comment voulez-vous d'ailleurs? Tout était toujours parfait pour ma femme. S'il y avait eu la moindre querelle entre elles, même il y a longtemps, vous pensez bien que ç'aurait été la première chose que j'aurais dite au juge.

— *Cette entente est très rare, entre des gens qui habitent ensemble.*

— Je sais. Il aurait mieux valu qu'il en soit autrement.

— *Vous le pensez vraiment?*

— Oui. Mais on ne peut pas créer la discorde de toutes pièces avec Claire, jouer la colère, elle s'en aperçoit, elle rit.

— *Qu'aurait-on pu faire?*

— Je ne vois rien. Je n'y pense pas. C'est trop tard.

— *La maison était très calme?*

— Oui. Entre ces deux femmes qui s'acceptaient si bien, j'ai été peut-être bercé par ce calme. Partout ailleurs que chez moi je dormais mal, je trouvais qu'on parlait trop, que ce n'était pas propre. J'étais habitué à elles deux. On dirait que je viens de me réveiller.

C'était comme s'il n'y avait eu personne dans la maison. Et pourtant tout était fait, la cuisine, le ménage, tout.

— *Vous avez dit tout à l'heure que Marie-Thérèse surveillait Claire, vous avez ajouté: gentiment.*

— Surtout les derniers temps, oui, c'était nécessaire. Claire faisait parfois des bêtises, des choses qui auraient pu être dangereuses. Marie-Thérèse me prévenait. Quand j'étais là j'envoyais Claire dans sa chambre ou dans le jardin et on n'en parlait plus. Le mieux c'était de la laisser seule.

— *Quand vous n'étiez pas là?*

— C'était Marie-Thérèse qui le faisait.

— *Et le calme de la maison n'en était pas dérangé pour autant?*

— Non. On pensait qu'il aurait été dérangé si on l'avait laissée faire.

— *Quoi par exemple?*

— Il s'agissait de détruire, d'imprudences. Elle brûlait tous les journaux à la fois dans la cheminée. Elle cassait des choses, des assiettes, souvent, ou bien elle les jetait à la poubelle. Ou elle les cachait dans des coins, elle les enterrait dans le jardin — sa montre, son alliance qu'elle prétendait avoir perdues, je suis sûr qu'elles sont dans le jardin. Elle découpait aussi. Une fois, je me souviens, elle a découpé ses couvertures, chacune en trois morceaux d'égale longueur. Mais il suffisait de ne pas laisser traîner les allumettes, les ciseaux, c'est tout.

— *Mais quand Marie-Thérèse était absente?*

— Quand je n'étais pas là, Marie-Thérèse ne la laissait jamais seule dans la maison. Certaines pièces étaient fermées à clef: la cuisine, et nos chambres. Elle aurait fouillé partout. Mais une fois ces précautions prises, tout allait bien. Je vous ai dit la vérité: c'était le calme et elles deux s'accordaient bien. Claire n'était pas contrariée d'aller au jardin, elle y allait tout de suite.

— *Elle aurait fouillé vos chambres pour trouver quoi?*

— Ça c'était la vraie folie. Pour trouver ce qu'elle appelait «des traces spéciales», qu'il fallait faire disparaître. C'était le mystère complet.

— *C'était lorsqu'elle était dans le jardin que vous étiez le plus tranquille?*

— Oui, bien sûr.

— *La nuit, rien n'était fermé?*

— Il me semble que parfois, surtout les derniers temps, Marie-Thérèse fermait la cuisine. Je n'en suis pas sûr. Peut-être la fermait-elle lorsqu'elle passait la nuit avec des Portugais.

— *Elle les recevait dans sa chambre quelquefois?*

— Ça a dû arriver. Une fois monté dans ma chambre je ne m'occupais plus de ce qui se passait en bas. J'estime que Marie-Thérèse était libre de recevoir qui elle voulait, quand elle le voulait.

— *Vous n'avez rien entendu la nuit du crime?*

— Il n'y a pas eu de cris. J'ai entendu quelque chose comme un bruit de porte. J'ai dû croire que Marie-Thérèse rentrait ou que l'une des deux circulait dans la maison. Je me suis rendormi. Ma chambre était au second étage. J'entendais à peine les bruits du rez-de-chaussée.

— *Vous avez quitté votre maison?*

— Oui. Je vis à l'hôtel. J'ai pris une chambre à l'hôtel des Voyageurs près de la gare.

— *Vous êtes retourné au Balto?*

— Non. Je vais au bar de l'hôtel.

— *Pourquoi n'y êtes-vous pas retourné?*

— Je veux rompre avec mon passé, même avec les bonnes choses, même Robert Lamy.

— *Que comptez-vous faire, vous y avez pensé?*

— Je vais vendre la maison. Je vais aller vivre ailleurs.

— *Et avec les commerçants du village, les gens, Claire Lannes s'entendait bien aussi?*

— Oui. Il n'y a jamais rien eu de ce côté-là non plus. Comme je vous l'ai dit, un jour sur deux Claire faisait les courses. Non, rien.

— *Elle achetait ce qu'elle voulait?*

— Non. Marie-Thérèse lui donnait une liste.

— *Robert et Alfonso étaient vos meilleurs amis?*

— C'est-à-dire c'était les gens que nous préférions. Elle, Alfonso surtout.

— *Pendant ces dernières années vous ne vous souvenez de rien qui aurait pu annoncer ce crime, même de loin?*

De rien, non, j'ai beau chercher. De rien.

— *Vous n'avez jamais pensé — même une seule fois, une seule —, qu'elle était capable de faire ce qu'elle vient de faire?*

— Vous m'avez déjà posé cette question à propos du suicide.

— *Non, c'est vous qui en avez parlé, à propos du suicide, en effet. Je vous ai demandé si vous en étiez sûr, vous n'avez pas répondu.*

— Je vous réponds: Non, jamais je n'aurais imaginé qu'elle était capable de faire ce qu'elle vient de faire. Jamais. Si on m'avait posé la question j'aurais ri.

— *Cherchez bien.*

— Non, je ne veux pas. On peut tout trouver si on le décide, ou rien, comme on veut. Alors je me tais.

— *Elle était indifférente, mais elle n'était pas cruelle, n'est-ce pas?*

— Jeune fille, elle était très douce au contraire. Je crois qu'elle l'était restée.

— *Vous n'en êtes pas sûr?*

— Je n'y faisais plus assez attention pour en être sûr.

— *Quels étaient les sentiments de Marie-Thérèse à son égard?*

— Elle devait bien l'aimer. Mais elle s'en occupait moins que de moi. Claire ne pousse pas les gens à s'occuper d'elle. Les attentions la font se braquer plutôt qu'elles ne lui font plaisir, voyez.

Et puis je dois dire que Marie-Thérèse avait un faible pour les hommes, quels qu'ils soient. On vous le dira dans Viorne.

— *Maintenant, qu'est-ce que vous croyez? croyez-vous que quelle que soit l'existence que Claire aurait pu avoir, celle-ci se serait terminée par un crime?*

— C'est-à-dire, je crois ceci : étant donné que l'existence qu'elle avait avec moi était pour ainsi dire moyenne, relativement facile au point de vue matériel, sans drames — qu'il y ait lieu de le regretter ou non — bien d'autres existences qu'elle aurait pu avoir auraient sans doute abouti au même résultat, il n'y a pas de raison.

Non, je ne vois pas une existence qui lui aurait évité ce crime.

— *Avec un autre homme? Ailleurs?*

— Non. Ce crime je crois qu'elle l'aurait commis avec n'importe quel homme et partout.

— *A parler d'elle comme nous le faisons, il ne vous apparaît pas que certaines choses auraient pu être évitées?*

— Même si nos relations étaient restées celles des premières années, je crois que je n'aurais rien compris de plus. Je parle pour moi, un autre, plus attentif, plus sensible aurait peut-être compris qu'elle allait à la catastrophe. Mais je crois qu'il n'aurait pas pu l'empêcher de se produire.

Il m'a toujours été impossible de deviner ce qu'elle pensait, ce qu'elle allait dire ou faire.

Peut-être qu'une minute avant de la tuer elle ne pensait pas qu'elle allait la tuer. Vous ne croyez pas?

— *Je ne sais pas.*

Elle ne vous avait pas demandé de renseignements sur le recoupement ferroviaire?

— Non, pensez-vous.[61] Contrairement à ce qu'on peut penser là-dessus, cette solution elle a dû la trouver à la dernière minute. Tout en cherchant la nuit dans Viorne avec son sac elle a dû aller vers le viaduc, un train passait à ce moment-là, et — voilà — elle a trouvé comment s'en servir. Je la vois comme si j'y étais. Le policier avait raison sur ce point je crois.

— *La tête, vous n'avez aucune idée?*

— Aucune. J'ai cherché à tout hasard dans le jardin, du côté de la menthe anglaise,[62] rien.

— *Qu'est-ce que vous diriez sur les raisons?*

— Je dirais la folie. Je dirais qu'elle était folle depuis toujours. Que personne ne pouvait s'en apercevoir parce que sa folie se montrait à elle quand elle était seule — surtout dans sa chambre ou dans le jardin. Là des choses terribles devaient lui traverser l'esprit. Je connais les théories modernes, en gros, et ce que j'aurais aimé c'est que vous interrogiez cet homme, l'agent de Cahors, mais il est mort l'année dernière.

— *Elle le sait?*

— Je ne crois pas. Je ne le lui ai pas dit. Et Marie-Thérèse ignorait son existence. Je ne vois pas qui lui aurait appris.

— *Je crois en effet qu'elle en a parlé au juge comme de quelqu'un de vivant.*

Vous croyez que cet homme de Cahors la connaissait mieux que les autres?

— Peut-être. Ils se connaissaient depuis l'enfance. Et ce qu'elle était à vingt ans, lui seul pouvait le dire.

Mais qui sait? Je ne crois pas que jeune elle devait être tout à fait différente de ce qu'elle est aujourd'hui. Ça n'a pas dû bouger beaucoup à mon avis. Il serait resté quelque chose, ce n'est pas possible.

A bien réfléchir je ne vois pas qu'elle ait beaucoup changé depuis que je la connais. Comme si la folie l'avait conservée jeune.

— *Mais vous l'auriez imaginée vivant une fois un amour si fort*[63] *qu'il l'amène au suicide, si vous ne l'aviez pas appris?*

— Non, c'est vrai.

Pourtant, je ne crois pas qu'il l'ait changée.

— *Mais l'amour qu'elle a vécu, comment l'aurait-elle vécu dans l'état où elle était quand vous l'avez connue, si elle n'a pas changé?*

— *Comment imaginer qu'elle a été capable de le vivre si elle n'était pas différente de ce qu'elle est aujourd'hui?*

— Seule, de son côté, comme le reste, comme ce qu'elle a eu pour moi. Ne croyez pas qu'elle ne m'aimait pas du tout, vous vous tromperiez.

Vous croyez que tout est parti de cet homme,[64] vous?

— *Non, je ne le crois pas. Je suis de votre avis.*

Est-ce que vous pensez qu'elle s'ennuyait?

— Non. Elle ne s'ennuyait pas. Que pensez-vous?

— *Comme vous, je crois qu'elle ne s'ennuyait pas. Que là n'est pas la question.*

— C'est juste ce que vous dites: là n'est pas la question.

— *Vous savez, il paraît qu'elle parle beaucoup quand on l'interroge.*

— Tiens. Mais c'est possible.

— *Elle parlait très peu tout le temps ou bien il lui arrivait aussi de ne pas pouvoir s'arrêter de parler quelquefois?*

— Ça lui arrivait quelquefois. Comme à tout le monde. Ni plus ni moins souvent. Mais je dois dire que ce qu'elle racontait alors, on ne l'écoutait pas.

— *Qu'est-ce que c'était?*

— Oh, n'importe quoi. Des conversations inventées — je vous en ai parlé. Ça n'avait jamais de rapport avec ce qui nous in-téressait.

— *Nous?*

— Je veux dire Marie-Thérèse, moi, les habitués de chez Robert.

— *Et Alfonso?*

— Alfonso, ce qu'elle disait l'intéressait un peu. Elle lui racontait ce qu'elle avait vu à la télévision. On les laissait dans leur coin.

Vous le savez sans doute, on allait au *Balto* presque tous les soirs — jusqu'au crime. Pendant les cinq jours qui ont suivi je n'y suis pas allé, j'étais trop découragé. Elle non plus n'a pas voulu y aller.

Et puis tout d'un coup, au bout des cinq jours, à la fin de la journée, vers sept heures, elle est venue me chercher dans la maison et elle m'a dit qu'elle voulait aller chez Robert.

— *C'est le jour où les journaux ont annoncé que le crime avait été commis à Viorne?*

— Le lendemain. J'ai cru que la vie lui revenait un peu. Au moment de partir elle m'a dit d'aller de l'avant, qu'elle avait quelque chose à faire, qu'elle me rejoindrait. C'était cette valise qu'elle voulait faire, vous savez sans doute.

— *Oui.*

— Je dois vous dire que lorsqu'elle a jeté le transistor dans le puits je suis allé voir le docteur et je lui ai demandé de venir la voir. Je ne lui en ai pas parlé à elle. Il devait passer cette semaine. J'avais décidé que, cette fois-là, il fallait que je prenne une décision.

— *Elle ne vous a presque pas parlé pendant ces cinq jours — entre le crime et son aveu, le 13 au soir?*

— Pour ainsi dire pas. Elle ne me voyait même pas traverser le jardin quand je rentrais.

Je lui étais devenu aussi étranger que si je ne l'avais jamais connue.

— *Elle avait aussi jeté vos lunettes dans le puits?*

— Oui. Les siennes aussi, et sans doute la clef de la cave. On ne l'a jamais retrouvée.

— *Elle vous l'a dit?*

— Non, je l'ai vue, de la salle à manger, jeter les lunettes. Pas la clef.

— *Pourquoi à votre avis a-t-elle jeté les lunettes?*

— J'ai pensé que c'était pour m'empêcher de lire le journal donc d'apprendre qu'il y avait eu un crime à Viorne. Maintenant je crois qu'elle avait une autre raison.

— *Pour que le désastre soit complet aussi?*

— Pour qu'il soit... enfermé est le mot qui me vient.

— *Elle a dit au juge qu'elle aurait demandé à Alfonso de l'aider à jeter le poste de télévision dans le puits.*

— Vous savez bien que c'est faux?

— *Oui.*

— Elle avait traîné le poste dans le couloir, contre la porte de la chambre de Marie-Thérèse et elle l'avait recouvert d'un chiffon, d'une vieille jupe à elle.

— *Je sais. Mais pourquoi à votre avis raconte-t-elle ça sur Alfonso?*

— Peut-être qu'elle a eu l'idée de lui demander de l'aider et qu'elle croit que c'est arrivé. Ou bien qu'elle le lui a demandé et que, naturellement, il a refusé. Je ne comprends pas autrement. Qu'a dit Alfonso là-dessus?

— *Il a dit qu'elle avait tout inventé, qu'elle ne lui avait jamais demandé quoi que ce soit de ce genre. Il n'en reste pas moins[65] que c'est seulement à Alfonso qu'elle pouvait penser demander ça, n'est-ce pas?*

— Oui c'est sûr.

Je me demande comment elle a eu la force de traîner la télévision jusqu'au couloir. J'étais allé acheter du pain. Je suis revenu, la télévision était déplacée.

— *Vous lui en avez parlé?*

— Non, je l'ai remise où elle était. Elle ne s'en est pas aperçue, ce jour-là. Et le lendemain elle était arrêtée.

— *Quand Alfonso dit qu'elle a tout inventé, il est possible qu'il mente?*

— Oui.

— *Robert aurait pu mentir lui aussi, de la même façon?*

— Non, il n'y avait qu'Alfonso. Alfonso a pour Claire une sorte d'affection. Quand il la voyait — son sourire ne trompait pas.

— *De l'amour ou de l'affection?*

— Oh, je ne sais pas.

— *Si quelqu'un était susceptible de deviner ce qu'elle avait fait c'était lui?*

— Personne n'aurait pu le deviner. Mais s'il y avait eu quelqu'un à Viorne qui aurait peut-être pu comprendre qu'elle allait à la catastrophe, ç'aurait été Alfonso, oui. Si Alfonso avait été intelligent il l'aurait compris. Il était sans doute plus près d'elle que n'importe qui d'autre, que moi, oui, c'est vrai. Elle l'intéressait encore.

Elle sait qu'il a quitté la France?

— *Je ne crois pas.*

Quelle est votre autre idée sur le crime?

— C'est très difficile de vous exprimer ce que je crois.

Je crois que si Claire n'avait pas tué Marie-Thérèse, elle aurait fini par tuer quelqu'un d'autre.

— *Vous?*

— Oui. Puisqu'elle allait vers le crime dans le noir, peu importe qui était au bout du tunnel, Marie-Thérèse ou moi...

— *La différence entre vous quelle était-elle?*

— Moi je l'aurais entendue venir.

— *Qui aurait-elle dû tuer dans la logique de sa folie?*

— Moi.

— *Vous venez de dire Marie-Thérèse ou moi.*

— Je viens de découvrir le contraire — là — maintenant.

— *Pourquoi vous?*

— C'est inexplicable, je le sais.

— *Vous n'avez pas de papiers écrits par elle, des choses qu'elle aurait écrites même il y a longtemps?*

— Non, je n'ai rien.

— Nous n'avons pas le moindre papier écrit par elle. Vous n'avez rien trouvé jamais?

— Il y a deux ou trois ans, j'ai trouvé des brouillons de ces lettres qu'elle écrivait aux journaux de Versailles. C'était à peine lisible, criblé de fautes d'orthographe. Je les ai jetés au feu.

— De quoi s'agissait-il?

— J'ai à peine lu. Je me souviens d'une seule. Elle demandait des conseils pour le jardin, oui, pour la menthe anglaise, elle demandait comment la garder dans la maison, l'hiver. La menthe elle écrivait ça comme amante,[66] un amant, une amante. Et «anglaise», «en glaise», comme «en terre», «en sable».

Mais elle a écrit sur le corps?

— Oui. Toujours les deux mêmes mots. Sur les murs aussi: le mot Alfonso sur un mur. Et sur l'autre mur le mot Cahors. C'est tout. Sans faute.

— Je ne suis pas retourné à la cave. Je n'y retournerai jamais. Alfonso. Cahors.

— Oui.

— Il était donc encore là le souvenir de l'agent de Cahors.

— Oui.

— Qu'est-ce qu'ils vont en faire?

— Je ne sais rien. Cela vous préoccupe?

— Non, pas vraiment. Maintenant, non.

— Est-ce qu'elle aurait avoué si vous n'aviez pas parlé comme vous l'avez fait dans le café de Robert Lamy? Je me le demande.

Je crois qu'on ne saura jamais.

Il semblerait qu'elle avait vraiment l'intention de partir pour Cahors. Dans sa valise on a trouvé une trousse de toilette, une chemise de nuit, tout ce qu'il fallait pour un voyage. Il est possible qu'elle ait eu l'intention de partir vraiment et que ce soit votre récit qui l'ait fait rester. Qu'elle soit restée pour rétablir l'erreur que vous faisiez en disant que la victime — à votre avis — avait été assassinée dans la forêt.

— Je ne peux rien vous dire là-dessus.

— Vous avez dit: je ne sais pas ce qui m'a pris.

— C'est vrai.

— *Il y avait déjà dix jours que les journaux parlaient du crime. Vous étiez informé depuis trois jours qu'il avait probablement été commis à Viorne. La victime était une femme de l'âge et de la corpulence de Marie-Thérèse Bousquet. Et justement, Claire prétendait qu'elle était repartie pour Cahors alors que jamais elle n'était allée à Cahors depuis des années... Et aucun soupçon ne vous a traversé l'esprit, aucun?*

— Aucun. Rien, pas la moindre intuition d'un crime chez moi.

Vous voyez, je crois que c'est — indirectement — la situation dans laquelle j'étais qui m'a fait tenir ces propos idiots sur Alfonso et sur le crime en général. Cette situation dans laquelle j'étais depuis le départ de Marie-Thérèse. C'est le seul lien que je vois entre ces propos et le crime. Ce crime, ce soir-là, pour moi, c'était comme l'occasion de trouver un responsable de tout ce qui se passait à Viorne, de mes difficultés aussi bien.

— *A qui vous adressiez-vous quand vous parliez au Balto?*

— A tout le monde, à personne.

— *Pourquoi avoir choisi Alfonso?*

— Parce qu'il était le plus exposé aux soupçons de la police sans doute. Et puis avec son air d'en savoir long il m'agaçait.

— *Son air avec Claire aussi?*

— Non, ça ça m'était égal.

— *Le policier a dit que vous aviez le style des journalistes de faits divers.*

— C'est possible. Je lis beaucoup les journaux.

— *Son attitude à elle ce soir-là ne vous a pas paru étrange?*

— Non, quand il y a des étrangers chez Robert, elle se tait toujours. Elle a fait son aveu d'elle-même sans que personne l'y pousse. Lorsque le policier a repris ce que j'avais inventé — à savoir que le crime avait eu lieu dans la forêt, elle a dit d'abord que ce n'était pas dans la forêt, sans finir la phrase, deux ou trois fois, et puis elle a avoué, complètement.

— *Quelle était sa phrase?*

— C'était: «Ce n'est pas dans la forêt que j'ai tué Marie-Thérèse Bousquet, c'est dans la cave à quatre heures du matin.»[67]

Je me souviendrai de cette phrase jusqu'à ma mort.

Vous croyez que c'est l'erreur sur l'endroit qui l'a fait avouer?

— *Je le crois. Je crois que si vous ne l'aviez pas faite, elle serait partie pour Cahors.*

— Et si tout le récit fait par le policier avait été faux d'un bout à l'autre?

— *Je crois qu'elle serait également partie pour Cahors. Elle n'aurait pas eu de raison d'intervenir. Mais vos hypothèses, justes au départ, ont bifurqué tout à coup et elle n'a pas pu s'empêcher de rétablir la vérité.*

— En somme tout s'est passé comme si c'était moi à cause de ce mot: forêt, qui l'avais donnée à la police?

— *Elle l'aurait découverte de toute façon je pense.*

— *Je vous ai dit tout à l'heure que je croyais que Marie-Thérèse était partie parce qu'elle en avait assez de nous, vous vous en souvenez?*

— *Oui.*

— Ce n'était pas l'exacte vérité. La voici: je croyais que Marie-Thérèse en avait assez d'elle, de Claire, mais pas de moi. Qu'elle en avait assez, je le croyais, de s'occuper de quelqu'un qui n'appréciait pas ce qu'elle faisait. Ce n'était pas mon cas.

— *Comment êtes-vous à l'hôtel?*

— Pas mal.

Vous avez dans l'idée que j'ai souhaité ce drame qui me débarrasse de Claire n'est-ce pas?

— *Oui.*

— Mais qui m'aurait soigné, qui aurait continué à faire la cuisine après la mort de Marie-Thérèse?

— *Une autre personne. Vous l'avez dit.*

C'est ce qui va se passer? Vous allez acheter une nouvelle maison et prendre une domestique?

— Oui.

Je voudrais que vous alliez jusqu'au bout de votre pensée. Je suis prêt à tout croire, et des autres et de moi.

— *Je crois que vous ne souhaitiez pas seulement vous débarrasser de Claire, mais aussi de Marie-Thérèse — vous deviez souhaiter que les deux femmes disparaissent de votre vie, afin de vous retrouver seul. Vous avez dû rêver de la fin d'un monde. C'est-à-dire du recommencement d'un autre. Mais qui vous aurait été donné.*

III

— *Claire Lannes, vous habitez Vorne depuis quand?*[68]
— Depuis que j'ai quitté Cahors — à part deux ans à Paris.
— *Depuis votre mariage avec Pierre Lannes.*
— Oui, c'est ça.
— *Vous n'avez pas d'enfants?*
— Non.
— *Vous ne travaillez pas?*
— Non.

— *Quel était votre dernier travail?*
— Femme de service à la communale.[69] On rangeait les classes.

— *Vous avez reconnu être l'auteur du meurtre de Marie-Thérèse Bousquet, votre cousine.*
— Oui.
— *Vous reconnaissez aussi n'avoir eu aucun complice?*
—

Avoir agi seule?
— Oui.
— *Vous persistez à dire que votre mari ignorait tout de ce que vous avez fait?*
— Tout. J'ai transporté les morceaux de la victime la nuit quand il dormait. Il ne s'est jamais réveillé. Je ne comprends pas ce que vous voulez.
— *Parler avec vous.*
— Du crime?
— *Oui.*
— Ah bon.

— *Nous allons commencer par ces trajets la nuit, entre chez vous et le viaduc. Vous voulez bien?*
— Oui.

— *Avez-vous rencontré quelqu'un pendant ces trajets?*

— Je l'ai dit au juge. Une fois j'ai rencontré Alfonso. C'est un homme qui coupe du bois à Viorne.

— *Je sais.*

— Il était sur la route, assis sur une pierre, à fumer. On s'est dit bonsoir.

— *Quelle heure était-il?*

— Entre deux heures et deux heures et demie du matin je crois.

— *Il n'a pas eu l'air étonné? Il ne vous a pas demandé ce que vous faisiez là?*

— Non, lui-même était sur la route, alors.

— *A quoi faire d'après vous?*

— Je ne sais pas, à attendre le jour peut-être, qui sait? Je ne sais rien là-dessus.

— *Vous ne trouvez pas extraordinaire qu'il ne vous ait pas posé de questions?*

— Non.

— *Il vous a fait peur quand vous l'avez vu?*

— Non, ce que j'étais en train de faire me faisait tellement peur, je n'avais peur de rien d'autre. J'avais peur à devenir folle dans la cave.

Qui êtes-vous, un autre juge?

— *Non.*

— Est-ce que je suis obligée de vous répondre?

— *Pourquoi, cela vous ennuie de répondre?*

— Non, je veux bien répondre aux questions sur le crime et sur moi.

— *Vous avez dit au juge ceci: «Un jour, Marie-Thérèse Bousquet faisait la cuisine...» vous n'avez pas fini la phrase et je vous demande de la finir avec moi.*

— Ça n'a pas de rapport avec le crime. Mais je veux bien la finir.

... Elle faisait la cuisine, de la viande en sauce, elle goûtait la sauce, c'était le soir, je suis rentrée dans la cuisine, je l'ai vue de dos et j'ai vu qu'elle avait comme une tache sur le cou, là, voyez.

Qu'est-ce qu'ils vont me faire?

— *On ne sait pas encore.*

C'est tout ce que vous vouliez dire sur ce jour-là?

— Oh, il y aurait à dire. Quand elle était morte la tache était toujours là, sur le cou. Je me suis rappelée l'avoir vue avant.

— *Pourquoi en avez-vous parlé au juge?*

— Parce qu'il me demandait des dates. J'ai essayé de me rappeler quand et quand. Entre les deux moments où j'ai vu cette tache il a dû se passer quelques nuits peut-être.

— *Pourquoi n'avez-vous pas fini cette phrase avec le juge?*

— Parce que ça n'avait rien à voir avec le crime. Je m'en suis aperçue au milieu de ma phrase, je me suis rattrapée.

— *Quand était-ce à peu près?*

— Si je le savais, je n'aurais pas parlé de cette tache.

Il faisait encore froid.

Ce que j'ai fait, c'est impossible, je le sais.

— *Vous n'aviez jamais vu cette tache avant?*

— Non. Je l'ai vue parce qu'elle venait de changer sa coiffure et que son cou était à l'air.

— *Cette coiffure changeait-elle aussi son visage?*

— Non, pas son visage.

— *Qui était Marie-Thérèse Bousquet?*

— C'était une cousine à moi. Elle était sourde et muette de naissance. Il avait bien fallu lui trouver quelque chose à faire. Le travail de la maison lui plaisait. Elle était très forte. Elle était toujours contente.

On m'a dit que du moment que je suis une femme on va seulement me mettre en prison pour le restant de mes jours. Alors tous les jours qui me restent, tous, c'est dans ce seul endroit qu'ils vont se passer?

— *Vous trouvez juste ou injuste d'être enfermée?*

— Comme vous voudrez. Plutôt juste. Mais aussi, injuste.

— *Pourquoi un peu injuste?*

— Parce que je dis tout ce qu'on veut que je dise et que ça n'y change rien. J'ai compris que si je me taisais le résultat serait le même, on me garderait aussi bien.

— *Pour votre mari vous ne trouvez pas ça injuste? Je veux dire de votre part?*

— Non, pas vraiment. C'est mieux que la mort. Et puis…

— *Quoi?*

— Je n'aimais pas tellement cet homme, Pierre Lannes.

— *Pourquoi avait-il fait venir Marie-Thérèse Bousquet?*

— Pour aider. Et ça ne coûtait rien.

— *Ce n'était pas pour faire la cuisine?*

— Quand il l'a fait venir, non, il ne savait pas qu'elle faisait bien la cuisine. C'est parce que ça ne coûtait rien. Après seulement il a commencé à lui donner de l'argent je crois.

— *Vous dites toujours que vous avez tout dit à la justice mais ce n'est pas tout à fait vrai.*

— Vous me questionnez pour savoir ce que je n'ai pas dit?

— *Non. Vous me croyez?*

— Je veux bien. J'ai tout dit sauf pour la tête.[70] Quand j'aurai dit où est la tête, j'aurai tout dit.

— *Quand le direz-vous?*

— Je ne sais pas. Pour la tête j'ai fait ce qu'il fallait. J'ai eu du mal. Encore plus que le reste.

Je ne sais pas si je dirai où est la tête.

— *Pourquoi pas?*

— Pourquoi?

— *La règle veut que les aveux soient complets. Ce n'est que lorsque la tête sera retrouvée qu'on sera tout à fait sûr que c'est bien elle qui a été tuée.*

— Ce qui a été retrouvé ça doit être suffisant pour le savoir. Avec seulement ses mains retrouvées ce serait suffisant, on les reconnaît. Demandez à mon mari. Et puis j'ai avoué.

— *Sans dire où vous l'avez cachée, pouvez-vous dire quand vous l'avez cachée?*

— Je me suis occupée de la tête en dernier, une nuit. Quand tout a été fini. J'ai fait ce que l'on fait d'habitude.[71] J'avais cherché très longtemps quoi faire de la tête. Je ne trouvais pas. Alors, je suis allée jusqu'à Paris.[72] Je suis descendue à la porte d'Orléans[73] et j'ai marché jusqu'à ce que je trouve. J'ai trouvé. Alors je suis devenue tranquille.

Je me demande pourquoi vous voulez la tête, comme si le reste n'était pas suffisant.

— *Je vous l'ai dit, les aveux doivent être complets.*

— Je ne comprends pas.

Qu'est-ce qu'il a dit de moi mon mari?

— *Plutôt du bien. Il a dit que vous aviez changé depuis quelque temps. Que vous parliez très peu. Un jour vous lui avez dit que Marie-Thérèse Bousquet ressemblait à une bête.*

— C'est faux. J'ai dit «à un petit bœuf». De dos, c'était la vérité. Si vous croyez que c'est parce que je l'ai dit que je l'ai tuée, vous vous trompez. Je l'aurais su.

— *Comment?*

— Au moment où le juge m'en a parlé.

— *Vous avez rêvé que vous étiez une autre personne?*

— Mais non.

J'ai rêvé à ce que j'ai fait. Mais avant, très longtemps avant. Je l'ai dit à mon mari. Il m'a dit que ça lui était arrivé à lui aussi. J'ai demandé à Alfonso et à Robert, le soir, au café. Ils m'ont dit qu'eux aussi avaient rêvé de crime, que tout le monde rêvait de crime.

Moi, ce n'était pas la première fois que je rêvais que je la tuais.

— *Avez-vous dit au juge que vous étiez comme dans un rêve lorsque vous avez tué Marie-Thérèse Bousquet?*

— Non, je ne l'ai jamais dit. On me l'a demandé et j'ai dit que ç'avait été pire qu'un rêve.

— *Pourquoi pire qu'un rêve?*

— Parce que je ne rêvais pas.

Qu'est-ce que vous voulez savoir?

— *J'essaye de savoir pourquoi vous avez tué Marie-Thérèse Bousquet.*

— Pourquoi?

— *Pour essayer de vous éviter la relégation à vie.*

— C'est votre métier?

— *Non.*

— Vous ne faites pas ça tous les jours? et avec tout le monde?

— *Non.*

— Alors, écoutez-moi. Il y a eu deux choses: la première c'est que j'ai rêvé que je la tuais. La deuxième c'est que lorsque je l'ai tuée je ne rêvais pas.

C'est ce que vous vouliez savoir?

— *Non.*

— Si je savais comment répondre je le ferais. Je n'arrive pas à mettre de l'ordre dans mes idées pour vous faire comprendre ce qui est arrivé, à vous et au juge.

— *Peut-être y arriverons-nous quand même?*

— Peut-être.

Si j'y arrivais, si tout était clair, qu'est-ce qu'on me ferait?

— *Cela dépendrait de vos raisons.*

— Je sais que plus les criminels parlent clairement, plus on les tue.

Alors, qu'est-ce que vous me répondez à ça?

— *Que malgré ce risque vous avez envie que toute la lumière soit faite.*[74]

— C'est plutôt vrai.

Je dois vous dire que j'ai rêvé que je tuais tous les gens avec qui j'ai vécu y compris l'agent de Cahors, mon premier homme qui est la personne que j'ai le plus aimée dans ma vie. Et plusieurs fois chacun. Donc, un jour ou l'autre je devais arriver à le faire, vraiment. Maintenant que c'est fait je sais que je devais le faire, vraiment, une fois.

— *Votre mari dit que vous n'aviez aucun motif d'en vouloir à*

*Marie-Thérèse Bousquet, qu'elle faisait bien son travail, que sa
cuisine surtout était très bonne — qu'elle était propre, honnête,
généreuse, qu'elle vous soignait très bien tous les deux. Que jamais, à
sa connaissance, il n'y a eu de drames entre vous deux, jamais en dix-
sept ans.*

— Elle était sourde et muette, personne ne pouvait se disputer
avec elle.

— *Mais elle ne l'aurait pas été, vous auriez eu des reproches à lui
faire?*

— Je ne peux pas le savoir.

— *Mais vous êtes de l'avis de votre mari sur elle?*

— La maison lui appartenait. Elle faisait tout ce qu'elle voulait.
Je n'aurais pas pensé à trouver ce qu'elle faisait soit bien soit mal.

— *Maintenant qu'elle n'est plus là?*

— Je vois la différence. Il y a de la poussière partout.

— *Vous préférez qu'il y ait de la poussière?*

— C'est mieux quand c'est propre, non?

— *Mais vous, vous préférez quoi?*

— La propreté tenait beaucoup de place dans la maison, elle
prenait trop de place.

— *La propreté prenait la place de quelque chose d'autre?*

— Peut-être?

— *De quoi? Dites le premier mot qui vous vient.*

— Du temps?

— *La propreté prenait la place du temps, c'est bien ça?*

— Oui.

— *Et la cuisine délicieuse?*

— Encore plus que la propreté.

Maintenant tout est à l'abandon. Le fourneau est froid. Il y a
de la graisse froide qui traîne sur les tables et par-dessus la graisse
il y a de la poussière. Les vitres, on ne voit plus à travers. Quand
il y a un rayon de soleil on voit tout, poussière et gras. Il n'y a
plus rien de propre, plus un verre. Toute la vaisselle a été sortie
du buffet.

— *Vous dites: maintenant, mais vous n'y êtes pas?*

— Je sais quand même comment la maison est devenue.

— *Comme un grenier?*

— Je ne comprends pas.

— *Je veux dire: aussi sale qu'un grenier?*

— Non, pourquoi un grenier?

— *Si ça avait continué, qu'est-ce qui se serait produit?*

— Mais ça continue, il n'y a personne qui s'en occupe. Ça a commencé quand j'étais là. Sept jours sans faire la vaisselle.

— *Si ça continue, qu'est-ce qui va arriver?*

— Si ça continuait, on ne verrait plus rien. Il y aurait de l'herbe entre les moellons; et puis il n'y aurait plus la place où se mettre. Si ça continuait, ce ne serait plus une maison, voilà mon avis, ce serait une porcherie.

— *Ou un grenier?*

— Non, et non. Une porcherie. Ça commençait bien quand j'ai été arrêtée.

— *Vous n'avez rien fait pour arrêter ce désastre?*

— Je n'ai rien fait, ni pour ni contre. Je l'ai laissé faire tout seul. On va voir jusqu'où ça va arriver.

— *Vous étiez en vacances?*

— Quand?

— *Depuis que la maison était sale?*

— C'est-à-dire, je n'ai jamais pris de vacances. Ce n'était pas utile, pas du tout. J'avais tout mon temps, la paye de mon mari est bien suffisante et de mon côté j'ai le revenu d'une maison de Cahors. Mon mari ne vous l'a pas dit?

— *Si.*

Comment trouvez-vous la nourriture de la prison?

— Il faut que je dise si elle me plaît?

— *Oui.*

— Elle me plaît.

— *Elle est bonne?*

— Elle me plaît.

Est-ce que je réponds comme vous voulez?

— *Oui.*

— Vous savez, dites-le-leur, s'ils croient qu'il faut me mettre en prison pour le reste de mes jours, qu'ils le fassent, allez, allez, qu'ils le fassent.

— *Vous ne regrettez rien de votre vie passée?*

— Si ça continue comme ça je suis bien ici. Maintenant vous savez, toute ma famille est partie, je ne serai pas mal ici.

— *Mais est-ce que vous regrettez quelque chose de votre vie passée?*

— De laquelle?

— *Par exemple, de celle des dernières années.*

— Alfonso.

Alfonso et tout le reste.

— *Elle était le dernier membre de votre famille?*

— Pas tout à fait. Il reste son père, Alfred Bousquet, le huitième frère de ma mère, Adeline Bousquet. Tous les Bousquet sont morts excepté Alfred, son père. Il n'avait qu'une fille, Marie-Thérèse, pas de chance, sourde et muette, sa femme est morte de chagrin.

Mon mari, je ne le compte pas.

Elle, elle était vraiment de ma famille. Quand je la revois c'est toujours la même image qui revient: elle joue sur le trottoir de l'avenue avec un chat. On disait qu'elle était très gaie pour une sourde et muette, plus gaie qu'un être normal.

— *La voyiez-vous différente de vous malgré son infirmité?*

— Mais non, voyez, morte, non.

— *Et vivante?*

— Vivante, la différence c'est qu'elle était très grosse, qu'elle dormait très bien tous les soirs et qu'elle mangeait beaucoup.

— *Cette différence était plus importante que celle qui venait de son infirmité?*

— Oui. Peut-être. Quand elle mangeait, quand elle marchait, quelquefois je ne pouvais pas le supporter. Je ne l'ai pas dit au juge.

— *Vous pouvez essayer de dire pourquoi? Pourquoi vous ne l'avez pas dit au juge?*

— Parce qu'il se serait trompé, il aurait cru que je la détestais alors que je ne la détestais pas. Comme je n'étais pas sûre de savoir lui expliquer, j'ai préféré me taire. Vous pouvez croire que je mens parce que tout à l'heure je vous ai dit que j'avais tout dit et que maintenant je vous dis ce que je n'ai pas dit. Mais vous vous tromperiez parce que ce que je viens de vous dire là, ça a un rapport avec mon caractère, rien de plus. Je dis que j'ai un caractère à ne pas supporter que les gens mangent et dorment bien. C'est tout. Ç'aurait été une autre qui aurait dormi ou mangé comme elle je ne l'aurais pas supporté mieux. Donc ce n'était pas parce que c'était elle que je ne le supportais pas. C'était parce que je ne le supportais de personne. Quelquefois je sortais de table, j'allais dans le jardin regarder autre chose. Des fois j'ai vomi. Surtout quand il y avait de la viande en sauce. La viande en sauce, pour moi c'est une chose terrible, terrible. Je ne comprends pas pourquoi. A Cahors on en mangeait souvent, pourtant, quand j'étais petite, ma mère en faisait parce que c'était moins cher que la viande pure.

— *Pourquoi en faisait-elle si vous n'aimiez pas ça?*

— Elle en faisait pour en faire, pour qu'on mange, sans y penser, elle en faisait pour mon mari qui l'adore, c'est bien fini maintenant il n'en aura plus jamais, elle en faisait pour lui, pour elle, pour moi, pour rien.

— *Elle ne savait pas que vous n'aimiez pas la viande en sauce?*

— Je ne leur ai jamais dit.

— *Et ils ne pouvaient pas le deviner?*

— Non. A table j'en mangeais comme eux. Si je ne les regardais pas en manger eux, j'arrivais à en manger, moi.

— *Pourquoi ne lui avez-vous jamais dit que vous détestiez la viande en sauce?*

— Je ne sais pas.

— *Cherchez.*

— Du moment que je ne pensais pas: «Je n'aime pas la viande en sauce», je ne pouvais pas le dire.

— *C'est moi qui vous apprends maintenant que vous auriez pu leur dire?*

— Peut-être. Pourtant j'en ai avalé des tonnes. Je ne comprends pas très bien.

— *Pourquoi en mangiez-vous au lieu de la laisser?*

— Parce que dans un sens, ça me plaisait. Oui. Ça ne me déplaisait pas de manger cette sale sauce de graisse. Après j'en avais pour toute la journée à y penser dans le jardin.

Est-ce que je vous ai dit que j'aimais bien le jardin? Là j'étais tranquille. Quand j'étais dans la maison je n'étais jamais sûre qu'elle ne viendrait pas m'embrasser tout d'un coup, je n'aimais pas qu'elle m'embrasse, je dois le dire aussi. Elle était très grosse et les pièces sont petites. Je trouvais qu'elle était trop grosse pour la maison.

— *Vous le lui disiez?*

— Non, je ne lui disais pas.

— *Pourquoi?*

— Parce que c'était seulement pour moi, quand moi je la voyais dans la maison qu'elle était trop grosse. Autrement non. Mais ce n'était pas elle seulement. Mon mari est comme un échalas et lui, moi, je le trouvais trop grand, trop haut pour la maison et quelquefois j'allais dans le jardin pour ne pas le voir, lui, se balader sous les plafonds.

Dans le jardin ils ne venaient pas me retrouver.

Il y a un banc en ciment et des pieds d'amante anglaise, c'est ma plante préférée. C'est une plante qu'on mange, qui pousse dans des îles où il y a des moutons. J'ai pensé ça: l'amante anglaise, c'est le contraire de la viande en sauce.[75] Je dois vous dire que quelquefois je me suis sentie très intelligente sur ce banc en ciment. A force de rester immobile, tranquille, l'intelligence me venait, j'avais des pensées intelligentes.

— *Comment le saviez-vous?*

— On le sait.

Tout est fini maintenant. Maintenant je suis la personne que vous voyez devant vous, rien d'autre.

— *Qui étiez-vous dans le jardin?*

— Celle qui reste après ma mort.

— *Vous avez dit que vous mangiez quand même la viande en sauce.*

— Je viens de vous le dire.

— *Est-ce que vous faisiez beaucoup de choses qui vous déplaisaient et vous plaisaient à la fois?*

— Quelques-unes.

— *Et cela vous plaisait comment?*

— Je viens de vous le dire aussi. Ça me plaisait dans le sens que j'y pensais après dans le jardin.

— *Chaque jour de la même façon?*

— Non, jamais.

— *Vous pensiez à une autre maison?*

— Non, je pensais à la maison qui était là.

— *Mais sans eux dedans?*

— Sans eux, non: ils étaient là derrière mon dos, dans la maison, sans eux, non, je ne pouvais pas.

Je cherchais des explications, des explications auxquelles ils n'auraient jamais pensé, eux, derrière mon dos.

— *Des explications à quoi?*

— Oh, à bien des choses.

Je ne sais pas à quoi j'ai passé ma vie jusqu'ici. J'ai aimé l'agent de Cahors. C'est tout.

Qui a intérêt à ce que j'aille en prison?

— *Personne, et tout le monde.*

— J'ai l'air de m'inquiéter mais ça m'est égal.

Mon mari vous a parlé de l'agent de Cahors?

— *Très peu.*

— Il ne sait pas combien je l'ai aimé. Moi telle que vous me voyez là, j'ai eu vingt-cinq ans et j'ai été aimée par cet homme superbe. Je croyais en Dieu à ce moment-là et je communiais tous les jours. J'étais placée dans une laiterie. Lui vivait maritalement avec une femme et tout d'abord je n'ai pas voulu de lui à cause de ça. Alors il a quitté cette femme. Nous nous sommes aimés à la folie pendant deux ans. Je dis à la folie. C'est lui qui m'a détachée de Dieu. Je ne voyais que par lui après Dieu.[76] Je n'écoutais que lui, il était tout pour moi et un jour je n'ai plus eu Dieu mais lui seul, lui seul. Et puis un jour il a menti.

Il était en retard. Je l'attendais. Quand il est revenu il avait les yeux brillants, il parlait, il parlait... Je le regardais, je l'écoutais dire qu'il revenait du poste, et ce qu'il avait fait, ses mensonges, je le regardais, il parlait de plus en plus vite et puis tout à coup il s'est arrêté de parler — on s'est regardés, regardés. Le ciel s'est écroulé.

Je suis retournée à la laiterie. Et, trois ans après, j'ai rencontré Pierre Lannes et il m'a emmenée à Paris. Je n'ai pas eu d'enfants. Je me demande bien à quoi j'ai passé ma vie depuis.

— *Vous n'avez jamais revu l'agent de Cahors?*
— Si, une fois, à Paris. Il est venu de Cahors pour me voir. Il est arrivé chez moi en l'absence de mon mari. Il m'a emmenée dans un hôtel près de la gare de Lyon.

On a pleuré ensemble dans la chambre. Il voulait me reprendre mais c'était trop tard.

— *Pourquoi trop tard?*
— Pour s'aimer comme on s'était aimés. On ne savait que pleurer. A la fin, il a bien fallu, je me suis arrachée de ses bras, arrachée de lui, j'ai détaché ses bras de ma peau, il ne pouvait pas me laisser. Je me suis habillée dans le noir et je me suis sauvée. Je me suis sauvée, je suis rentrée juste avant le retour de mon mari.

Après il me semble que j'ai moins pensé à lui. C'est dans cette chambre de la gare de Lyon qu'on s'est quittés pour toujours.

— *Marie-Thérèse Bousquet était déjà avec vous quand c'est arrivé?*
— Non. Elle est venue l'année d'après. Mon mari est allé à Cahors pour la chercher. Il l'a ramenée le 7 mars 1945, elle avait dix-neuf ans. C'était un dimanche matin. Je les ai vus arriver par l'avenue de la République, j'étais dans le jardin. De loin, elle ressemblait à tout le monde. De près, elle ne parlait pas. Mais elle comprenait en regardant la bouche. On ne pouvait jamais l'appeler, il fallait aller à elle, la toucher à l'épaule.

La maison était très silencieuse, surtout le soir en hiver, après la sortie des écoles. A sept heures du soir on commençait à sentir les odeurs de cuisine, c'était comme ça. Elle mettait toujours trop de gras dans les plats et les odeurs allaient partout, on ne pouvait pas ne pas les sentir.
L'hiver je ne pouvais pas aller dans le jardin.

Vous avez questionné des gens de Viorne sur le crime?
— *Oui. Robert Lamy aussi.*
— Heureusement qu'il existait.
Qu'est-ce que les gens vous on dit?
— *Ils disent qu'ils ne comprennent pas.*
— Dans le car de police, j'ai oublié de regarder Viorne pour la dernière fois. On n'y pense pas. Ce que je revois c'est la place la nuit, Alfonso s'amène lentement, il fume, il me sourit.

— *Des gens disent que vous aviez tout pour être heureuse.*
— J'avais tout mon temps, la paye de mon mari est bien suffisante et de mon côté j'ai le revenu d'une maison de Cahors, ils vous l'ont dit?
— *Oui. D'autres gens encore disent qu'ils s'y attendaient.*
— Tiens..

— *Vous êtes malheureuse en ce moment?*
— Non. Je suis presque heureuse, je suis sur le bord d'être heureuse. Si j'avais ce jardin je tomberais dans le bonheur complet, mais ils ne me le rendront jamais, et moi je préfère

maintenant, je préfère cette tristesse d'être sans mon jardin parce qu'il faut dormir d'un seul œil maintenant et me surveiller.

Si j'avais mon jardin ce ne serait pas possible, ce serait trop.

Alors ils disent quoi?

— *Que vous aviez tout pour être heureuse.*

— C'est vrai.

Dans ce jardin j'ai pensé au bonheur. Je ne sais plus du tout ce que je pensais sur ce banc. Maintenant que tout est fini je ne comprends plus ce que je pensais.

Robert a-t-il dit que j'avais tout pour être heureuse?

— *Non. Il a dit: «Les choses se seraient peut-être passées autrement si Claire avait mené une autre vie.»*

— Laquelle, il ne l'a pas dit?

— *Non.*

— Alors, autant se taire.[77]

Et Alfonso? Qu'est-ce qu'il a dit?

— *Je n'ai pas vu Alfonso. Mais au juge il n'a presque rien dit. Il paraissait ne pas avoir d'idées précises sur vous.*

— Alfonso n'a rien dit, mais il devait savoir quoi penser du crime.

— *Il vous parlait?*

— Non, pensez-vous, non, quoi se dire?[78] Non, mais vous savez, au bout de vingt-deux ans que tout au long de l'année il y a Alfonso et qu'on se parle pour dire toujours les mêmes choses, «bonjour bonsoir», ça fait un paquet.[79]

Autrement, la nuit, dans Viorne, quelquefois.

— *Pourquoi dites-vous: «Maintenant que tout est fini?» Vous le croyez?*

— Qu'est-ce qui commencerait? Alors, c'est fini.

Pour elle qui est morte c'est fini. Pour moi qui ai fait ça, aussi.

La maison c'est fini. Ça durait depuis vingt-deux ans, mais maintenant c'est bien fini.

C'est un seul jour très très long — jour — nuit — jour — nuit et puis tout à coup il y a le crime.

On se souvient de l'hiver quand on est privé du jardin, autrement tout est pareil. Sur ce banc je crois bien que j'ai pensé à tout.

Je lisais le journal puis après, sur le banc, je pensais à ce que j'avais lu. A des questions politiques aussi quelquefois. Des gens passaient et je pensais à eux. Je pensais à Marie-Thérèse aussi, à comment elle faisait. Je me mettais de la cire dans les oreilles. Ce n'est pas arrivé souvent, une dizaine de fois peut-être, c'est tout. Est-ce que mon mari a dit qu'il allait vendre la maison?

— *Je ne sais pas.*

— Oh, il va la vendre. Et les meubles aussi, qu'est-ce que vous voulez qu'il en fasse maintenant? Il en fera une enchère dans la rue. Tout sera dehors. Les gens de Viorne viendront voir les lits dans la rue. Ça m'est égal maintenant ce qu'ils vont penser en voyant la poussière et les tables pleines de gras, et la vaisselle sale. Il faudra.

Peut-être qu'il aura du mal à vendre la maison vu le crime qui s'y est passé. Peut-être qu'il la vendra au prix du terrain. Maintenant, à Viorne, il m'avait dit que le terrain à bâtir vaut dans les sept cents francs le mètre carré; avec le jardin ça fera un bon morceau.

L'argent, qu'est-ce qu'il en fera?

— *Vous, vous ne croyez pas que vous aviez tout pour être heureuse?*

— Pour les gens qui le disent et qui le croient, je le crois, oui, je crois que j'avais tout pour être heureuse. Dans l'autre sens, pour d'autres gens, non.

— *Quels gens?*

— Vous.

— *Mais en le pensant, d'après vous, je me trompe aussi?*

— Oui. Quand on pense à ce que c'était avec l'agent de Cahors, on peut dire: rien n'existe à côté. Mais c'est faux. Je n'ai jamais été séparée du bonheur de Cahors, il a débordé sur toute ma vie. Ce n'était pas un bonheur de quelques années, ne le croyez pas, c'était un bonheur fait pour durer toujours. Quand je dors il dure encore, je le vois me sourire par-derrière la haie quand il revient du travail. J'ai toujours eu dans l'idée d'expliquer ça à quelqu'un mais à qui parler de cet homme? Maintenant c'est trop tard, trop loin, trop tard.

Ecrire des lettres sur lui, j'aurais pu, mais à qui?

— *A lui?*

— Non, il n'aurait pas compris.

Non, il aurait fallu les envoyer à n'importe qui. Mais n'importe qui ce n'est pas facile à trouver. C'est pourtant ça qu'il aurait fallu faire: les envoyer à quelqu'un qui n'aurait connu ni lui ni moi pour que ce soit tout à fait compris.

— *Au journal peut-être?*

— Non. J'ai écrit au journal deux ou trois fois pour différentes raisons mais jamais pour une raison aussi grave.

— *Entre le jardin et le reste qu'est-ce qu'il y avait?*

— Il y avait le moment où on commençait à sentir les odeurs de cuisine. On savait qu'il n'y en avait plus que pour une heure avant le dîner, qu'il fallait penser très vite à ce qu'il fallait parce qu'on n'avait plus qu'une heure devant soi avant la fin de la journée. C'était comme ça.

Dans le jardin, vous savez, monsieur, j'avais un couvercle de plomb au-dessus de ma tête. Les idées que j'avais auraient dû traverser ce couvercle pour être... pour que je sois tranquille mettons, mais elles n'y arrivaient que très rarement. Le plus souvent les idées me retombaient dessus, elles restaient sous le couvercle à grouiller et c'était si pénible que plusieurs fois j'ai pensé à me supprimer pour ne plus souffrir.

— *Mais parfois elles traversaient le couvercle de plomb?*

— Parfois, oui, elles sortaient pour quelques jours. Je ne suis pas folle, je sais bien qu'elles n'allaient nulle part. Mais au moment où elles me traversaient pour prendre leur vol, j'étais si..., le bonheur était si fort que j'aurais pu croire à de la folie. Je croyais qu'on m'entendait penser, que ces pensées éclataient dans la rue comme des coups de fusil. La rue en était changée. Quelquefois les gens se retournaient sur le jardin comme si on les avait appelés. Je veux dire que j'aurais pu le croire.

— *Ces pensées avaient trait à quoi? à votre vie?*

— A ma vie, elles n'auraient fait se retourner personne. Non, elles avaient trait à bien d'autres choses que moi et mon entourage. Les autres auraient pu les avoir et s'en servir. J'ai eu des pensées sur le bonheur, sur les plantes en hiver, certaines plantes, certaines choses, la nourriture, la politique, l'eau, sur l'eau, les lacs froids, les fonds des lacs, les lacs du fond des lacs, sur l'eau qui boit qui prend qui se ferme, sur cette chose-là, l'eau, beaucoup, sur les bêtes qui se traînent sans répit, sans mains, sur ce qui va et vient, beaucoup aussi, sur la pensée de Cahors quand j'y pense, et quand je n'y pense pas, sur la télévision qui se mélange avec le reste, une histoire montée sur une autre montée sur une autre,[80] sur le grouillement, beaucoup, grouillement sur grouillement, résultat: grouillement et caetera, sur le mélange et la séparation, beaucoup beaucoup, le grouillement séparé et non, vous voyez, détaché grain par grain mais collé aussi, sur le grouillement multiplication, et division, sur le gâchis et tout ce qui se perd, et caetera et caetera, est-ce que je sais.

— *Sur Alfonso?*

— Oui, beaucoup, beaucoup parce qu'il est sans limites le cœur ouvert, les mains ouvertes, la cabane vide, la valise vide et personne pour voir qu'il est idéal.

— *Sur les gens à qui il est arrivé de tuer?*

— Oui mais je me trompais, maintenant je le sais. De ça je ne pourrais parler qu'avec quelqu'un à qui c'est arrivé aussi, qui m'aiderait, vous comprenez. Avec vous, non.

— *Vous auriez aimé que les autres connaissent les pensées que vous aviez dans le jardin?*

— Oui.

J'aurais désiré prévenir les autres, qu'ils le sachent que j'avais des réponses pour eux. Mais comment? Je n'étais pas assez intelligente pour l'intelligence que j'avais et dire cette intelligence que j'avais, je n'aurais pas pu. Pierre Lannes lui, par exemple, il est trop intelligent pour l'intelligence qu'il a. J'aurais voulu être complètement intelligente. Ce qui me console de mourir un jour c'est de ne pas avoir été assez intelligente pour l'intelligence que j'avais pendant tout ce temps. Je n'y suis jamais arrivée. J'imagine bien que ça doit être terrible d'être très intelligent et de savoir cette intelligence exposée à la mort comme soi. Mais tout de même j'aurais préféré.

Tout ce temps, tout ce temps pour rien. Maintenant je suis calme parce que je sais que c'est trop tard.

— *Ça a commencé quand?*

— Dans les classes vides, quand je faisais le ménage. Il fait encore chaud des enfants,[81] je suis enfermée avec les chiffres au tableau, divisions comme multiplications, multiplications comme divisions, et voilà que je deviens le chiffre trois, et c'était vrai.

— *Votre mari dit que parfois vous croyiez avoir des conversations avec des passants.*

— Ah, il vous a dit ça. J'inventais ces conversations quand ça me prenait. Je savais bien qu'ils ne me croyaient pas, aucun des deux. J'aimais bien qu'ils me prennent pour une folle de temps en temps, leur faire un peu peur. J'avais encore plus la paix après.

Mais quelquefois ces conversations avaient vraiment lieu, mais pas comme je leur racontais, jamais.

— *Revenons au crime. Vous voulez bien?*

— Sur cette période je ne sais presque rien. On a dû vous prévenir.

— *Pourquoi avez-vous fait ça?*

— De quoi parlez-vous?

— *Pourquoi l'avez-vous tuée?*

— Si j'avais su le dire, ce serait fini des interrogatoires, vous ne seriez pas là à m'interroger. Pour le reste je sais.

— *Le reste?*

— Oui. Si je l'ai découpée en morceaux et que j'ai jeté ces morceaux dans le train c'est que c'était un moyen de la faire disparaître, mettez-vous à ma place, quoi faire?

D'ailleurs on dit que ce n'était pas mal trouvé.[82]

Je ne voulais pas me faire prendre par la police avant d'être prise,[83] et je l'ai fait disparaître comme une personne qui aurait eu toute sa tête.

Vous ne pouvez pas vous imaginer ce que c'était fatigant cette boucherie la nuit dans la cave, jamais, jamais je n'aurais cru. Si on vous dit que j'ai ajouté du crime au crime en faisant ce que j'ai fait dans la cave, dites que c'est faux.

— *Vous ne savez pas pourquoi vous l'avez tuée?*

— Je ne dirai pas ça.

— *Qu'est-ce que vous diriez?*

— Ça dépend de la question qu'on me pose.

— *On ne vous a jamais posé la bonne question sur ce crime?*

— Non. Je dis la vérité. Si on m'avait posé la bonne question j'aurais trouvé quoi répondre. Cette question, moi non plus, je ne peux pas la trouver.

— *Est-ce que quelqu'un d'autre pourrait répondre à cette question à votre avis: pourquoi l'avez-vous tuée?*

— Personne. Sauf à la fin peut-être.

— *Vous ne cherchez pas vous-même cette bonne question?*

— Si, mais je ne l'ai pas trouvée. Je ne cherche pas beaucoup. J'ai eu trop de mal à le faire pour savoir y penser.

Ils m'ont fait défiler des questions, et je n'en ai reconnu aucune au passage.[84]

— *Aucune?...*

— Aucune. Ils demandent: Est-ce que c'était parce qu'elle était sourde et muette qu'elle vous tapait sur les nerfs? ou bien: Est-ce que vous étiez jalouse de votre mari? de sa jeunesse? ou bien: Est-ce que vous vous ennuyiez? ou bien: Est-ce que l'organisation de la maison vous pesait?

Vous, au moins, vous n'avez rien demandé de pareil.

— *Qu'est-ce qu'elles ont de faux ces questions-là?*

— Elles sont séparées.

— *La bonne question comprendrait toutes ces questions et d'autres encore?*

— Peut-être. Comment voulez-vous que je le sache? Mais vous, ça vous intéresse de savoir pourquoi j'ai fait ça?

— *Oui. Vous m'intéressez. Alors tout ce que vous faites m'intéresse.*

— Oui, mais si je n'avais pas commis ce crime, je ne vous intéresserais pas du tout. Je serais encore là, dans mon jardin à me taire. Parfois ma bouche était comme le ciment du banc.

— *Quel serait d'après vous un exemple de bonne question? Pas parmi celles que je pourrais vous poser, non, bien sûr. Mais parmi celles, par exemple, que vous, vous pourriez me poser?*

— Vous poser pour quoi faire?

— *Par exemple, pour savoir pourquoi je vous interroge? Comment vous m'intéressez? Comment je suis?*

— Je le sais comment je vous intéresse. Comment vous êtes, je le sais déjà un peu.

Pour le reste, voilà comment je faisais avec Alfonso. Quand il passait pour parler à Pierre du travail ou de n'importe quoi, j'allais dans le couloir ou derrière la porte et je l'écoutais. Pour vous ça devrait être pareil.

— *Je devrais parler loin de vous?*

— Oui, à quelqu'un d'autre.

— *Sans savoir que vous écoutez?*

— Sans le savoir. Il faudrait que ça arrive, comme ça, par hasard.

— *On entend mieux derrière les portes?*

— Tout. C'est une merveille de la vie. De cette façon j'ai vu Alfonso jusqu'au fond, où même lui ne voit pas.

Quand Pierre me trouvait derrière la porte il me disait de retourner dans le jardin et dare dare. Quelle vie.

— *Quelle voix avait Pierre derrière la porte?*
— Lui, la même que celle qu'il a devant.

Ecoutez, je ne peux pas dire mieux: si vous, vous trouvez la bonne question, je vous jure de vous répondre.

Qu'est-ce qu'on dit des raisons que j'avais de la tuer?
— *On fait des suppositions.*
— Comme le juge, avec ses questions.
— *Le mot: «Pourquoi» est-il mieux?*

— «Pourquoi?» Oui. On peut rester là.
— *Alors je vous demande: pourquoi?*

— C'est vrai. Pourquoi.
Mais ce mot m'emporte vers vous, vers les questions.
— *Et s'il y a une raison mais qu'on ignore, une raison ignorée.*
— Ignorée de qui en ce moment?
— *De tous. De vous. De moi.*
— Où est cette raison ignorée?
— *En vous?*
— Pourquoi? Pourquoi pas en elle, ou dans la maison, dans le couteau? ou dans la mort? oui, dans la mort.

La folie est-elle une raison?

— *Peut-être.*
— A force de chercher sans trouver, on dira que c'est la folie, je le sais.

Tant pis. Si la folie est ce que j'ai, si ma maladie c'est la folie, je ne suis pas triste.
— *Ne pensez pas à ça.*
— Je n'y pense pas. C'est vous qui y pensez. Je sais quand les gens pensent que je suis folle, je l'entends au son de la voix.

— *Qu'est-ce que vous faisiez dans la maison?*
— Rien. Les courses un jour sur deux. C'est tout.
— *Mais vous vous occupiez à quelque chose?*
— Non.

— *Mais le temps passait comment?*

— Très vite, à cent à l'heure, comme un torrent.

— *Votre mari a dit que vous faisiez votre chambre chaque jour.*

— Pour moi, je faisais ma chambre, je me lavais, je lavais mon linge et moi. De cette façon j'étais toujours prête, vous comprenez, la chambre aussi. Propre et coiffée, le lit fait. Alors je pouvais aller dans le jardin, aucune trace derrière.

Si, je suis quand même un peu triste d'être folle. Si les autres sont folles, qu'est-ce que je vais devenir au milieu?

— *Votre chambre une fois faite, vous, lavée, vous étiez prête à quoi?*

— A rien. J'étais prête. Si des événements avaient dû se produire, j'étais prête, voilà. Si quelqu'un était venu me chercher, si j'avais disparu, si jamais je n'étais revenue, jamais, on n'aurait rien trouvé derrière moi, pas une trace spéciale, rien que les traces pures. Voilà.

— *A quoi pensez-vous?*

— Je pense au jardin. C'est loin. C'est doux. C'est fini. Et Alfonso qui continue à couper du bois, tandis que tout est fini. Et Pierre qui va au bureau. Je crois aussi qu'Alfonso avait tout lui aussi pour être intelligent et qu'il ne l'a pas été, je ne saurai jamais pourquoi, comme pour moi. On était deux dans Viorne dans ce cas, Alfonso et moi.

Je ne pense pas ça de Pierre Lannes.

Tout ce que je vous raconte est-ce que c'est la vérité à votre avis?

— *Je crois que c'est la vérité.*

— Alors, voyez. Moi aussi je crois que c'est la vérité. Je n'ai jamais parlé autant et je dis la vérité. J'aurais pu tout aussi bien avant, peut-être, si l'occasion s'en était présentée.

Je pourrais ne pas m'arrêter, parler pendant un an. Et aussi bien je pourrais m'arrêter tout de suite, un tour de clef et c'est fini pour toujours. C'est pareil maintenant: je vous parle et je ne vous parle pas, en même temps. La tête est toujours aussi pleine. Il y en a toujours là-dedans. Qu'est-ce que vous voulez, c'est curieux d'être comme nous. Est-ce que j'ai parlé de la maison?

Il y avait deux chambres au premier étage et au rez-de-chaussée il y avait la salle à manger et la chambre de Marie-Thérèse.

— *Vous vous étiez endormie avant de descendre dans sa chambre?*

— Du moment que je n'ai pas eu besoin d'allumer l'électricité — il devait déjà faire jour. Alors j'avais dû dormir.

Je me réveillais souvent au petit jour, impossible de me rendormir — alors je traînais dans la maison, toujours au rez-de-chaussée — voilà.

Il y avait du soleil entre la salle à manger et le couloir.

— *... La porte de sa chambre était ouverte et vous l'avez vue endormie sur le côté, elle vous tournait le dos.*

— Oui. Toujours.

— *Vous êtes allée à la cuisine pour boire un verre d'eau. Vous avez regardé autour de vous.*

— Oui. Au fond des assiettes je vois le dessin des assiettes achetées à Cahors trois jours avant le mariage, Bazar de l'Etoile[85] 1942. Ça recommence. Je sais que je vais être emportée dans les pensées des assiettes, vers ces choses-là. Alors, voilà, moi j'en ai assez, vous comprenez. Je veux qu'on vienne et qu'on m'emmène. Je désire trois ou quatre murs, une porte de fer, lit de fer et fenêtre avec grilles et enfermer Claire Lannes là-dedans. Alors j'ouvre la fenêtre et je casse les assiettes pour qu'on entende et qu'on vienne me débarrasser. Mais tout à coup elle est là dans le courant d'air, elle me regarde casser les assiettes, elle sourit, elle court prévenir Pierre. Pour tout, elle prévenait Pierre. Pierre arrivait. Allez, file au jardin.

A la fin, j'ai pris goût au jardin.

— *Quand était-ce?*

— Les assiettes cassées, c'était il y a trois ans ou cinq.

— *Comment votre mari a-t-il pu vous croire lorsque vous lui avez dit que Marie-Thérèse était partie pour Cahors?*

— Oh, laissez-moi un peu.

Qu'est-ce que vous voulez savoir?

— *Qu'est-ce que vous avez dit à votre mari quand il s'est levé?*

— J'ai dit ce que vous venez de dire.

— *Est-ce que votre mari a dit la vérité?*

— Mon mari ne m'a pas crue. Personne ne m'a demandé de ses nouvelles, même pas Alfonso.

— *Votre mari ne vous a posé aucune question?*

— Aucune, c'est la preuve qu'il ne m'a pas crue, ce n'est pas vrai.

— *Alors qu'est-ce qu'il a cru?*

— A quoi ça vous sert de le savoir?[86] Je ne le sais pas.

— *Et Alfonso, il avait deviné d'après vous?*

— Oui. Quand je lui ai demandé de jeter la télévision dans le puits j'ai bien vu qu'il avait deviné.

Qu'est-ce qu'il dit?

— *Il dit que vous ne lui avez jamais demandé de jeter la télévision dans le puits.*

— Je ne crois pas ce que vous dites. Ou bien ils mentent tous ou bien c'est vous.

— *Je dois confondre.*

— Bon. Parce qu'il ne parle pas Alfonso mais «oui» et «non» il peut le dire. Un jour viendra peut-être, comme pour moi, d'un coup. Il chante *La Traviata*[87] en rentrant chez lui quelquefois, je le lui avais demandé une fois. Autrement il coupe du bois tout le temps, quelle barbe. Il y a longtemps, il y a douze ans, j'ai eu l'espoir qu'il m'aime, Alfonso, qu'il m'emmène dans la forêt vivre avec lui, mais cet amour ne sera jamais arrivé. Toute une nuit, une fois, je l'ai attendu, j'ai écouté tous les bruits, on aurait repris l'amour, Cahors, ensemble, mais il n'est pas venu.[88]

Ils vont tous dire que je suis folle maintenant comme ils le seraient eux, s'ils l'étaient. Qu'ils disent ce qu'ils veulent, eux, ils sont de l'autre côté à dire n'importe quoi, à bavarder sans penser, sans réfléchir.

S'ils savaient ce qui s'est passé dans la cave. S'ils avaient été dans la cave même pendant une minute ils se tairaient, ils ne pourraient pas dire un mot sur cette histoire.

— *Vous étiez de leur côté avant le crime?*

— Non, jamais, je n'ai jamais été de leur côté. S'il m'arrivait d'y aller, par exemple en faisant les courses — un jour sur deux je faisais les courses, n'allez pas croire que je ne faisais absolument plus rien — alors j'étais bien obligée de leur dire bonjour et de leur parler, mais le minimum. Après j'en avais pour une heure à entendre résonner leurs voix aiguës de théâtre.

— *Vous alliez au théâtre?*

— Quelquefois quand on habitait à Paris il m'a emmenée. *La Traviata*, c'était à Cahors avec l'agent.

— *Alfonso n'était pas de l'autre côté?*

— Non, Alfonso était de mon côté, même s'il ne le savait pas. L'agent de Cahors aussi, il était les deux pieds de mon côté, lui.

— *Vous ne savez pas ce qu'il est devenu?*

— Il est toujours à Cahors, enfermé dans cette ville à mener l'existence qu'il aime, d'un côté, de l'autre.

— *Votre mari était-il «de l'autre coté»?*

— Oui et non. Je crois qu'il était fait pour y être mais à cause de nous il n'y est jamais allé tout à fait. Sans nous il les aurait reçus à table, j'en suis certaine, il aurait parlé comme eux. Bonjour madame, comment allez-vous? Et les enfants? ça pousse?[89] Quand ça ne va pas, on fait aller.[90] Des fois il allait chez eux. Mais il est toujours revenu dans sa maison chaude et pleine de gras, toujours, même après plusieurs jours avec les autres il revenait vers nous. Remarquez qu'on ne parlait même pas de faire venir ces gens. Il savait qu'il ne pouvait pas les amener chez lui avec d'un côté la femme qu'il avait et de l'autre côté la sourde et muette. Il était coincé. Il le savait très bien. Au fond, il était de l'autre côté lui aussi...

Oui mais voilà, avec nous deux il avait pris l'habitude des femmes qui circulent dans les couloirs sans dire un mot, qui sont dans le jardin sans bruit.

Une fois que je revenais d'un hôtel près de la gare de Lyon où j'avais rendez-vous avec l'agent de Cahors une dernière fois et que j'étais rentrée à toute vitesse pour qu'il ne devine rien, je l'ai vu revenir avec sa cravate, ses lunettes, comme si de rien n'était devant moi qui pleurais encore, je ne pouvais pas m'arrêter, des larmes brûlantes me coulaient toutes seules, quand ce jour-là je l'ai vu revenir avec sa cravate, ses lunettes, son col blanc, son air, son air de me dire sans le dire: «Va pleurer ailleurs petite si tu en as envie», ce jour-là j'ai compris qu'il était de l'autre côté: déjà ce jour-là.

— *Marie-Thérèse Bousquet était-elle «de l'autre côté»?*
— A cause de son infirmité, non, elle n'y était pas, mais si elle avait été normale ç'aurait été elle la reine de l'autre côté. Retenez bien ce que je viens de vous dire: la reine. Elle les dévorait des yeux quand ils passaient sur les trottoirs pour aller à la messe. Ils lui souriaient à elle, donc voyez. A moi, jamais personne ne m'a souri, ils s'en sont toujours gardés.

Elle était sourde et muette, c'était une énorme masse de viande sourde mais quelquefois des cris sortaient de son corps, ils ne venaient pas de sa gorge mais de sa poitrine.

Dans la cave j'ai mis des lunettes noires et j'ai éteint l'électricité, donc je n'étais pas folle puisque je ne voulais pas la voir et que j'ai fait ce qu'il fallait pour ne pas la voir: j'ai éteint et j'ai mis les lunettes. Je l'avais assez vue depuis cent ans.

Vous avez entendu ce que je viens de dire. Je ne parle plus comme tout à l'heure. Je ne fais plus de différence entre les phrases. Je viens de m'entendre.

Ça vous gêne?
— *Non.*

— Je dis des grossièretés et je passe d'un sujet à l'autre. N'allez pas croire que je ne sais pas quand ça m'arrive.

Je m'arrête de parler pour toujours. Voilà.

— *Sur un mur de la cave on a trouvé le nom d'Alfonso écrit par vous avec un morceau de charbon. Vous vous souvenez l'avoir écrit?*

— Non.

Peut-être que j'ai voulu l'appeler pour qu'il vienne à mon secours? Et comme je ne pouvais pas crier, ça aurait réveillé mon mari, alors, j'ai écrit? Peut-être. Je ne me souviens pas.

Ça m'est arrivé d'écrire pour appeler tout en sachant que c'était inutile.

— *Qui, par exemple?*

— Oh un homme qui n'est pas revenu.

Marie-Thérèse le faisait, alors peut-être c'est son influence.

— *Sur l'autre mur il y avait le mot Cahors.*

— C'est possible. Je ne me souviens plus. J'ai fait tellement de choses dans cette cave.

Comment est-ce possible, dites-moi?

— *Vous ne pouvez pas parler de cette cave ou vous ne voulez pas?*

— Je ne veux pas.

Je ne peux pas.

D'ailleurs, la cave n'explique rien. C'était seulement des efforts fantastiques pour essayer de me débarrasser de cette boucherie. Ce n'était pas autre chose, que des efforts, mais à mourir, à hurler. J'ai dû m'évanouir, une fois je me suis retrouvée endormie par terre, là, j'en étais sûre. Je ne peux pas, je ne veux pas. Je mourrai avec les souvenirs de la cave. Ce qui s'y est passé, je l'emporterai dans ma tombe. Si les autres pensent que je suis un objet de dégoût et que tout Viorne me crache dessus, c'est toujours ça, pour rétablir l'équilibre de la cave.[91]

— *Les habitants de Viorne semblent compter pour vous plus que vous ne le dites.*

— C'est le fond, Viorne, c'est là que j'ai vécu le plus de temps, au milieu de Viorne, exactement au milieu, à tout savoir, jour par jour.[92] Et un beau jour, voilà le crime. Je devine ce qu'ils pensent, c'est si facile, c'est clair, clair. Voilà le crime. Je les vois en fermant les yeux, les têtes sorties par les fenêtres ou debout devant les portes qui parlent pour dire avec leurs voix de théâtre: «Quand même elle a exagéré.»

— *Vous étiez prête à partir pour Cahors?*

— Oui, je le jure. Je vous parle à vous parce que vous ne savez rien et que vous désirez vraiment apprendre tout, tandis que mon mari croyait savoir, c'était du temps perdu que de parler avec lui. Oui, je voulais aller à Cahors. Je me disais qu'entre le moment où ils découvriraient que c'était à Viorne que le crime avait eu lieu et le moment où ils découvriraient que c'était moi qui l'avais commis j'avais le temps d'aller à Cahors pour quelques jours.

Je serais allée à l'hôtel Crystal.

— *Pourquoi vous n'êtes pas partie?*

— Vous le savez, pourquoi me le demander?

— *C'est à cause du récit qu'a fait votre mari?*

— Il était tellement ridicule et il ne s'en rendait pas compte.

— *Il y a encore une raison?*

— Oui, je crois.

Ça m'a intéressée et j'ai oublié l'heure.

C'était la première fois qu'il parlait d'elle aussi justement. C'est ça?

— *C'était d'elle qu'il parlait?*

— Oui, il disait même son nom: Marie-Thérèse Bousquet.

Alors, il ne manquait presque rien pour que toute la lumière soit faite, d'un seul coup, sur le crime. Cette précision c'était moi seule qui la connaissais. Vous savez bien, on ne peut pas s'empêcher de leur dire.[93]

— *Qu'est-ce que vous leur avez dit?*

— J'ai parlé à Alfonso tout bas et c'est lui qui leur a dit. Tout s'est passé très simplement. J'ai dit à Alfonso: «Dis-leur que c'est moi, que je suis d'accord.» Alors Alfonso s'est avancé au milieu du café et il a dit:[94] «Ne cherchez pas davantage, c'est Claire qui a poignardé sa cousine pendant qu'elle dormait et qui ensuite l'a fait disparaître de la façon qu'on sait.» Il y a eu un silence d'abord. Puis il y a eu des cris.

Puis l'homme m'a emmenée.

— *Alfonso dit lui aussi qu'il vous rencontrait parfois la nuit dans Viorne.*

— C'est une autre question. Si lui-même n'y était pas la nuit, dans Viorne, il ne m'aurait pas rencontrée.

C'est curieux qu'il l'ait dit.

— *Je peux vous assurer que ce n'était pas en mauvaise part.*

— Je le sais.

Si je sortais dans Viorne la nuit c'est que je croyais qu'il s'y passait des choses et que je devais aller les vérifier.

Je croyais qu'on battait des gens à mort dans des caves. Une nuit il y a eu des commencements d'incendie partout, heureusement, la pluie est venue et les a éteints.

— *Qui battait qui?*

— La police battait des étrangers dans les caves de Viorne, ou d'autres gens. Ils repartaient au petit jour.

— *Vous les avez vus?*

— Non. Dès que je venais, ça cessait.

Mais bien souvent je me trompais, c'était calme, tranquille, très tranquille.

Qu'est-ce que je viens de dire?

— *Vous parliez d'Alfonso.*

— C'est vrai, Alfonso.

Est-ce qu'il ira en prison lui aussi?

— *Non.*

— J'aurais cru. Il mène sa vie d'avant lui aussi? dans la forêt?

— *Je ne sais pas. Vous auriez aimé qu'il aille en prison?*

— C'est-à-dire, du moment que j'y suis il n'y a pas de raison pour qu'il n'y soit pas lui aussi. Il savait tout depuis le début. Mais on ne l'a pas arrêté.

Remarquez qu'on n'aurait pas été dans la même prison, alors ça m'est égal.

— *Qu'est-ce que vous auriez fait à Cahors?*

— J'aurais recommencé quelque chose pour quelques jours. Je me serais promenée dans les rues et dans les rues. J'aurais contemplé Cahors.

— *Mais lui, l'agent de Cahors, vous l'auriez recherché?*

— Peut-être pas. Pourquoi, maintenant?

Puis ils seraient venus me prendre.

— *Pour la tête...*

— Ne recommencez pas avec la tête...

— *Je ne vous demande pas où elle est. Je voudrais savoir quel problème elle posait pour vous?*

— De savoir quoi en faire, où la mettre.

— *Mais pourquoi pour la tête?*

— Parce que c'était la tête. Une tête ne se jette pas dans un train. Et le panier, où le mettre?[95]

J'ai fait tout un enterrement pour elle. Et j'ai dit ma prière des morts. Je n'ai rien trouvé d'autre bien que l'agent de Cahors m'ait séparée de Dieu et que je ne l'aie jamais retrouvé.

Voyez, j'ai fini par dire quelque chose là-dessus et je ne voulais pas.

— *C'est à ce moment-là de votre crime que vous avez compris que vous l'aviez tuée?*

— Vous l'avez deviné?

Oui c'est à ce moment-là. Vous me croyez?

— *Oui.*

— Il y a eu la tache sur le cou d'abord — avec la tache, quand je l'ai vue, elle a commencé à ressortir un peu de la mort. Puis avec la tête, quand je l'ai vue, elle est ressortie tout à fait de la mort.

Ils devraient me décapiter moi aussi pour ce que j'ai fait. Œil

pour œil. A leur place je le ferais. Le jardin me manque. Dans la
cour de la prison il n'y a pas d'herbe. Pour nous punir. C'est bien
trouvé. Rien ne remplacera mon jardin.

Mon mari aurait dû faire attention. Je me sens folle quelquefois.
C'était ridicule cette vie.
— *Vous vous sentez folle?*
— Oui, la nuit je me sens folle. J'entends des choses. Je crois
qu'on bat des gens. Il m'est arrivé de le croire.

— *Si vous n'en parliez pas à votre mari il ne pouvait pas le deviner?*
— Si je lui en avais parlé, le connaissant comme je le connais,
il m'aurait mise à l'asile. Il est très ordonné dans ses idées. Il dit :
une place pour chaque chose et chaque chose à sa place. Vous vous
rendez compte?

Ecoutez-moi : la nuit du crime elle poussait ses cris et je croyais
qu'elle m'empêchait de dormir. Je me suis demandé si Alfonso
n'était pas dans les parages à lui faire plaisir. Vous comprenez,
Alfonso, il lui faut encore des femmes. Je suis moins jeune que lui.
La différence d'âge elle a toujours existé entre nous. Jamais elle n'a
diminué. Alors je me suis demandé s'il ne s'était pas rabattu sur
Marie-Thérèse Bousquet. Elle est ma cousine, elle est de mon
sang. Le nom final était le même, Cahors derrière, et on mangeait les mêmes aliments, sous le même toit, et elle était sourde et
muette.
Je suis descendue. Alfonso n'était pas là.
Maintenant je me tais là-dessus.

Je savais qu'Alfonso n'était pas là. Ça se passait dans la cabane
d'habitude, le samedi après-midi, jamais ailleurs, jamais la nuit.
Alors?

Est-ce que vous savez que le crime n'arrive pas tout de suite?
Non. Il arrive lentement comme un tank. Et puis il s'arrête.
Voilà. Il est là. Un crime vient d'être commis à Viorne. C'est
Claire Lannes. On ne peut plus revenir là-dessus.[96] Le crime est

E

tombé sur Viorne. Il était haut perché au-dessus et c'est là où Viorne est qu'il est tombé, dans cette maison, dans la cuisine de cette maison et celle qui l'a commis, oh... c'est Claire Lannes. Elle, savait l'existence de ce crime et qu'un fil le retenait au-dessus de Viorne.

Voilà monsieur, voilà. Je sais que des gens ne veulent pas entendre le nom de Claire Lannes et qu'ils préfèrent ne pas lire les journaux mais ils ont tort. Comment porter un corps de cent kilos dans un train? Comment couper un os sans la scie? On dit: il y avait du sang dans la cave. Mais comment éviter, vous et moi, qu'il y ait du sang?

Si des recherches sont faites dans la maison, n'oubliez pas de dire que le sens des portes — quand on descend l'escalier — n'a jamais été bon.

Je voudrais bien savoir si c'est chaque fois la même chose pour les autres qui ont fait ce que j'ai fait.

— *Oui.*

— Ce n'est pas une explication?

— *Non.*

— Voyez, je n'en sors pas. Tant pis. Je suis fatiguée maintenant. Mais c'est une fatigue qui me repose. Je suis très près d'être folle peut-être. Ou morte. Ou vivante. Qui sait?

— *Parlons du livre que votre mari vous faisait lire à voix haute chaque soir, vous vous souvenez?*

— Oui. Il y a des années. Mon mari trouvait que je n'étais pas assez instruite. Il m'a fait lire un livre de géographie. Mais il a été découragé. Je ne comprenais pas.

C'est tout pour ce livre?

— *Qu'est-ce que vous ne compreniez pas?*

— Je ne comprenais pas pourquoi il voulait que je connaisse la géographie de tous les pays. Tous les jours un autre pays à étudier, un pays par jour, le livre ne finissait pas. Il me faisait lire pour que je reste sur place autour de lui, et aussi pour me punir de penser à l'agent de Cahors. Mais j'ai quand même retenu certaines choses de cette lecture: la famine aux Indes, le Tibet, et la ville de Mexico qui est à quarante-cinq mètres de hauteur.

C'est tout pour le livre?

— *Oui. Les illustrés que vous chipiez à l'école, vous vous en souvenez?*

— Très très peu.

Est-ce que je vous ai dit pour la tête où je l'avais mise?

— *Non.*

— Bon. Je dois garder ce secret. Je n'ai plus que celui-là, je parle trop.

On ne m'a jamais posé de questions. Ma route est allée droit vers ce crime. Tous mes secrets ont volé en l'air. J'ai envie de me cacher le visage. Si j'étais dans le jardin, si vous me remettiez en liberté les gens de Viorne viendraient me voir et me surveiller, alors je serais obligée d'en partir. Et aller où? Il faut me garder. Tant pis pour ce jardin, ce sera mon souvenir.

Je suis dans la section des criminelles de Droit commun.[97] Il y a là d'autres femmes qui disent: «Tu as vu la bonne femme de Viorne?» et qui rient à cause du recoupement ferroviaire. On me demande d'expliquer le recoupement ferroviaire. Je l'explique.

Un avocat est venu me voir et m'a annoncé que j'allais aller ailleurs, dans une maison où j'oublierais ce qui s'est passé. Je ne l'ai pas cru.

Les autres prisonnières disent que je ne suis pas responsable. Je les entends parler entre elles. Mais qu'est-ce qu'elles en savent? Je me conduis très bien. On me l'a dit. J'ai refusé de voir mon mari une deuxième fois.

Je sais qu'Alfonso ne viendra pas me voir. Je mourrai sans les avoir revus, aucun des trois. Tant pis.

L'existence que j'avais traînait et il n'arrivait rien alors qu'au départ elle avait été si belle avec l'agent de Cahors. Enfin.

Vous ne dites plus rien?

On m'a donné du papier pour écrire et un porte-plume. On

m'a dit d'écrire ce qui me passait par la tête. Ça ne vous intéresse pas?

J'ai essayé d'écrire mais je n'ai pas trouvé le premier mot à mettre sur la page.

Et pourtant j'ai écrit aux journaux, avant, oh, très souvent, des lettres très longues. Je vous l'ai dit? Elles ne sont jamais arrivées sans doute.

— *Dans une de ces lettres vous demandiez comment garder la menthe anglaise en hiver.*

— Ah oui? J'en mangeais quelquefois pour me nettoyer. Peut-être que j'ai écrit une lettre pour savoir comment la garder verte, si verte, je ne me souviens pas, c'est possible. J'ai écrit beaucoup de lettres. Cinquante-trois lettres ou douze. Comme je voudrais, ah comme je le voudrais, expliquer.

J'étais pire qu'un égout avant le crime. Maintenant, de moins en moins.

Le recoupement ferroviaire les fait rire. Je ne savais pas que ça existait. J'étais sûre qu'on ne me découvrirait jamais.

Je n'ai pas eu l'idée du viaduc, j'allais vers la rivière et je suis passée dessus.

Alors, je me suis dit, jamais, et la tête bien enterrée dans sa cachette, jamais, jamais, Dieu sait ce que l'on trouve dans les trains, avec tout ce que l'on trouve, jamais ils ne me découvriront. Mais je me suis trompée. Sur le journal il y avait le dessin du recoupement ferroviaire: Viorne est au centre et tous les trains passent par là, même ceux qui vont dans des directions très lointaines. Les trains sont obligés de passer par Viorne. Vous le saviez? C'est la gare la plus grande de France, j'habitais Viorne et je ne le savais pas. J'ai mal choisi le viaduc.

Mais les autres auraient été trop loin pour y aller à pied et de nuit. Alors?

Sauf la tête ils ont tout retrouvé, tout compté, tout rassemblé, il ne manquait rien.

Jamais je n'aurais cru que c'était possible.

Vous ne dites plus rien.
— *Maintenant il faut que vous me disiez où est la tête.*

— C'est pour en arriver à cette question que vous m'avez posé toutes les autres?
— *Non.*

— Si c'est le juge qui vous a demandé de me poser cette question vous n'aurez qu'à lui dire que je n'ai pas répondu.

Qu'est-ce que vous répondrez, vous, si je vous dis que c'est à l'asile psychiatrique de Versailles qu'ils vont me mettre?
— *Je vous réponds oui.*
Je vous ai répondu.
— Alors c'est que je suis folle? Qu'est-ce que vous répondez si je vous demande si je suis folle?
— *Je vous réponds aussi: oui.*
— Alors vous parlez à une folle.
— *Oui.*

— Ce que dit une folle ça ne compte pas. Alors pourquoi me demander où est la tête puisque ce que je dis ne compte pas. Peut-être que je ne sais plus où je l'ai mise; que j'ai oublié l'endroit exact?
— *Une indication, même vague, suffirait. Un mot. Forêt. Talus.*
— Mais pourquoi?
— *Par curiosité.*
— Alors il n'y aurait que ce mot-là qui compterait au milieu des autres? Et vous croyez que je vais me laisser enlever ce mot? pour que tous les autres soient enterrés vivants et moi avec eux dans l'asile?

Non non, il faudra que vous passiez beaucoup de temps avec moi, vous et d'autres, avant que ce mot sorte de moi.

Vous entendez?
— *Oui.*

— Il y a des choses que je ne vous ai pas dites. Vous ne voulez pas savoir lesquelles?

— *Non.*

— Tant pis.

Si je vous disais où est la tête, vous me parleriez encore?

— *Non.*

— Je vois que vous êtes découragé.

— *Oui.*

— Si j'avais réussi à vous dire pourquoi j'ai tué cette grosse femme sourde, vous me parleriez encore?

— *Non, je ne crois pas.*

— Vous voulez qu'on essaye de chercher encore? Je vous ai dit qu'elle appelait Pierre pour n'importe quoi? Mais qu'il n'y avait jamais de disputes entre nous, je vous l'ai dit? Il n'y en avait jamais. Et pourquoi, vous le devinez? Parce que j'avais peur qu'ils me mettent à l'asile avant l'heure.

Qu'est-ce que j'ai dit qui vous a découragé tout à coup?

Il est tard peut-être. Et l'heure est passée?

C'est toujours de la même façon que ça se passe, qu'on ait commis un crime ou rien du tout.

Ces petits illustrés d'enfants avaient l'air de vous plaire. C'était tout à fait beau mais interdit par la loi. Heureusement que Pierre m'a prévenue.

— *Qu'est-ce qu'il vous a dit?*

— Ah, vous vous réveillez. Il m'a dit je ne sais plus quoi. Il m'a dit que c'était interdit par la loi.

— *Quoi?*

— D'en chiper dans les pupitres. Pas d'en lire. D'en lire c'était lui qui nous l'interdisait à Marie-Thérèse et à moi.

Quelquefois je tenais le vestiaire aux dîners des conseillers municipaux, je vous l'ai dit?

Au rez-de-chaussée, quand on descendait l'escalier il y avait trois portes, la première est celle de la salle à manger, la deuxième celle du couloir, la troisième celle de sa chambre, elles étaient toujours ouvertes, en rang, et toutes du même côté, elles pesaient sur le mur du même côté, alors on pouvait croire que la maison penchait de ce côté-là et qu'elle, elle avait roulé au fond, entraînée par la pente, le long des portes, il fallait se tenir à la rampe.

Moi à votre place, j'écouterais. Ecoutez-moi.

Notes

1. *Tout ce qui est dit ici est enregistré:* The whole of the following novel is made up of the transcript of three interviews recorded on tape. Part I is an interview with Robert Lamy, the owner of a café where the climax of the story takes place.

2. *le crime de Viorne:* Fictitious place: however, in December 1949 a crime was committed at Savigny-sur-Orge (Seine-et-Oise, the Department immediately surrounding Paris) upon which Marguerite Duras has based her story.
Cf. note 10 and Intro. p. 1.

3. *C'est donc vous qui devez mettre le livre en marche:* The tape recording is 'blind', it cannot say what anyone saw at the café on the evening of 13 April. But Robert Lamy, who had been present then, ought now, by participating in the interview, to put life into the tape and get the book (the record of what happened) going.

4. *Quand la soirée du 13 avril aura pris . . . son volume . . . on pourra laisser la bande réciter sa mémoire et le lecteur vous remplacer dans sa lecture:* When Robert Lamy has filled in the background to the events of the evening of 13 April during the forthcoming interview, the tape recording can be run and the reader of the novel can identify with Robert Lamy as he or she reads.

5. *Elle représente la part du livre à faire par le lecteur. Elle existe toujours*: There is always a gap between what is known and what is expressed. The reader of the transcript of these tape recordings and interviews has to supply the material himself with which to bridge the gap: he too has actively to participate in making the book.

6. *la Gendarmerie:* part of the police force, under the control of the Army Minister, which operates in small towns and rural areas.

7. *le garde champêtre:* country policeman nominated by the local mayor and sworn in to office by the sub-prefect. His duties are generally to keep order in country districts.

8. *la Préfecture de Police:* police headquarters in Paris.

9. *Le recoupement ferroviaire:* See note 10.

10. *le viaduc de Viorne:* Marguerite Duras first used the material of the present novel in a play, *Les Viaducs de la Seine-et-Oise*, published in 1960 and performed in Paris in 1963 and in England in 1967.

In the actual crime committed in 1949 on which the story is based, the body was disposed of at the viaduct of la Montagne-Pavée at Savigny-sur-Orge, Seine-et-Oise, the means of detection being the same as in the present novel.

11. *Alfonso Rignieri:* an Italian who cut wood in the Viorne forest where he lived in a hut on his own. He chopped wood for the Lannes household which consisted of Claire and Pierre Lannes and Pierre's cousin, Marie-Thérèse Bousquet.

12. *à l'heure de l'apéritif:* from 6 o'clock onwards it is a custom in France, not however followed by everyone, to drink an 'appetiser' before supper, either stopping at a café on the way home from work or at home. Cf. p. 25, Robert Lamy says of Pierre Lannes: 'en rentrant du bureau il venait directement au *Balto*.'

13. *je ne l'avais pas vu depuis cinq jours:* Cf. p. 39 where the tape recording (Robert Lamy speaking) says: 'Et il y a sept jours que tu ne viens pas.'

14. *personne de sa personne ne ressemblait à personne:* 'nobody was physically exactly like anyone else'.

15. *'Je pars pour Cahors':* 'I'm off to Cahors.' This is the first mention of Cahors, a town in central southern France, in the Department of the Lot. It was the place where Claire Lannes lived until she married twenty-four years before the events here recorded (cf. p. 55), and where apparently the most significant and happy part of her life was spent.

16. *ils étaient de Cahors tous les trois:* Claire Lannes, her husband Pierre and her cousin, Marie-Thérèse Bousquet, came from Cahors.

17. *'Combien de temps tu pars?':* 'How long are you going for?' (Colloquial).

18. *la gare d'Austerlitz:* Paris terminus for railway lines from central and south-western France, e.g. from Cahors.

19. *il fait un mot d'esprit qui ne fait rire personne. Il dit: 'Non, de la Seine.':* The play upon the word 'Seine' derives from the fact that 'la Seine' can mean (i) the department which includes Paris, and (ii) a shortened form of 'la Préfecture de la Seine', i.e. the Metropolitan Police. Everybody in the café would be familiar with the double meaning.

20. *Je ne sais plus où j'en suis:* Robert Lamy, the café proprietor, who is

speaking, can't remember where he has got to in recounting the events of the evening of 13 April in his café.

21. *Je crois que le moment est venu de se servir du magnétophone:* The next part of the dialogue shows that the policeman had recorded the conversation in the café during the evening that Robert Lamy is describing, from the moment that Pierre Lannes entered. This recording is now to be played back.

22. *Les deux magnétophones vont marcher en même temps:* One tape recorder is about to play back the recording of the café conversations, a second will re-record the conversations and any comments Robert Lamy may make as he listens. During his commentating the playback will be stopped but the second machine will continue to record.

23. *... métier?:* We cut into the playback of the tape at the word *métier* which appears to be the last word in a question put by one of the 'regular' customers in the café about the profession of the stranger: *C'est un flic:* 'He's a policeman/copper/detective.'

24. *C'est Claire:* As requested by the interviewer on p. 30, Robert Lamy indicates the occasions during the playback of the conversations at his café when Claire Lannes was the speaker. Here she has put the question to the policeman: 'Qu'est-ce qu'on peut savoir d'autre encore?'

25. *une inconnue:* 'an unknown factor'.

26. *C'est vous, le lecteur du journal qui fabriquez la trouvaille des neuf trains:* The detective is addressing a regular customer whom he accuses of basing his argument on what he read in the newspaper.

27. *— Encore elle:* Again Robert Lamy indicates that Claire Lannes was the speaker and he adds his own comment: 'You'd think she's in another room', possibly because her voice was fainter.

28. *une affirmation gratuite:* 'guesswork'.

29. *Un point, c'est tout:* 'Full stop.'

30. *Qu'est-ce qu'il raconte?:* Robert's remark which follows—'Claire. C'est à Alfonso qu'elle s'adresse'—shows that Claire asks the question of Alfonso: 'What is he (Pierre, her husband) talking about?' Alfonso replies: 'He's talking nonsense.' Then Pierre continues.

31. *Vous me permettez de remettre ça? Allez-y, monsieur Robert:* The detective is speaking to the whole group and offering to stand a round of drinks: 'May I stand you a round of drinks? Come on, get on with it, Mr Robert.' To which Robert replies: 'I don't suppose you often foot the bill, sir. We won't refuse.'

32. *on ne m'enlèvera pas de l'esprit que c'est dans la forêt que ça s'est passé:* 'no one will persuade me to give up the notion that it happened in the forest.'

33. *Dans la nuit du 7 au 8 avril?:* There is some confusion at certain points in the story about dates which the author possibly intended; after all, the recalling of events is often unreliable. The tape recording was made in the café on 13 April, yet the interviewer remarks on p. 35, '. . . sept jours que toute la presse en parle.' See also note 13.

34. *Madame vous allez venir avec nous:* This is the end of the playback. The second tape recorder continues to record.

35. *à l'instruction:* In France the legal code requires that the preparatory investigations into a crime be superintended by a magistrate called a 'juge d'instruction'.

36. *Dans la vie de village on ne se reçoit pas:* 'There's no visiting in a village.'

37. *au moral j'entends?:* 'I mean, has his state of mind changed?'

38. *ça marcherait tout seul:* 'it would be all plain sailing'.

39. *Elle ne portait pas à avoir honte d'elle:* 'She didn't make anyone feel ashamed of her.'/'She didn't induce any feeling of shame.'

40. *C'est un brave homme et autant elle était folle, autant lui était calme, autant il avait les pieds sur terre:* 'He's a decent chap and he was as quiet and reasonable as she was mad.'

41. *quand ça la prenait:* 'when she was so moved'.

42. *Ou plutôt à partir de là:* 'Or rather ideas inspired by newspapers, television, etc.'

43. *à Modène:* city of central northern Italy to which Alfonso departed after having made his statement to the 'juge d'instruction'.

44. *à l'instruction:* see note 35, 'the preliminary investigation'.

45. *je suis là surtout pour Alfonso:* 'I'm here (answering your questions) chiefly for Alfonso's sake.'

46. *il n'a rien appris sur elle à part ses sorties la nuit:* 'He didn't give any information about her apart from her going out at night.'

47. *Avec cette machine infernale dont il parlait:* Cf. p. 38.

48. *Je vous ai fait venir pour vous interroger:* Part II of the novel consists of an interview with Pierre Lannes, the husband of the woman who has been arrested for murder. This interview, too, is being recorded on tape.

49. *Vous habitez Viorne depuis 1944, depuis vingt-deux ans:* The fictitious

interview is therefore alleged to be taking place in 1966. The novel,
L'Amante anglaise, was first published in 1967.

50. *Il doit y avoir sept jours de cela:* Cf. note 33.

51. *... sinon qu'il n'y avait plus d'heures dans la maison depuis qu'il n'y
avait plus Marie-Thérèse:* 'except that there were no longer regular hours
kept in the house since Marie-Thérèse was no longer there.'

52. *C'est elle. Les empreintes digitales concordent:* N.B. This fact is now
established: the finger-prints on the body and Claire's are the same. Cf.
p. 51 where the interviewer says to Robert Lamy, '. . . vous partagez les
mêmes doutes que moi sur la culpabilité de Claire.'

53. *Je n'y suis pour rien:* 'My dreaming's nothing to do with me.'

54. *J'ai eu beaucoup de mal au début:* 'At first it hurt me a lot.'

55. *Vous avez fait quelles études?:* 'What education did you receive?'

56. *J'ai la première partie du baccalauréat:* Pierre Lannes had passed the
first part of the matriculation examination in which a wide range of
subjects was taken: in the second part candidates had to specialize in
either philosophy, mathematics or science. The regulations have now
been revised.

57. *Je suis vérificateur à l'enregistrement:* 'I am an inspector in the
Registry.' Cf. p. 55: 'Je suis fonctionnaire au ministère des Finances.'
Pierre Lannes is a civil servant.

58. '*La menthe anglaise est maigre*': Note the first reference to 'la
menthe anglaise' which has the same sequence of phonemes as the title of
the novel, *L'Amante anglaise*, and therefore sounds identical. Cf. pp. 83,
88, 102 and notes 66 and 75.

59. *l'Ile des Sables:* an imaginary island. Claire herself refers on p. 102
to 'une plante . . . qui pousse dans des îles où il ya a des moutons.' Marguerite Duras in a communication to the editors says: 'L'île des Sables =
le sable est le temps uniforme, qui, depuis Cahors, passe sans rien laisser.'
'L'île c'est Viorne'. Pierre Lannes is quoting a highly symbolic statement
made by his wife.

60. *Vous êtes mariés sous le régime de la séparation des biens?:* 'la séparation
des biens' is a right under French law whereby either husband or wife
can apply to manage their own property. 'When you married, wasn't
the marriage settlement drawn up so that you both administered your
own separate properties?'

61. *Non, pensez-vous:* 'Good gracious, no.'

62. *du côté de la menthe anglaise:* Cf. pp. 66, 88, 102.

63. *vivant une fois un amour si fort:* 'being capable of once experiencing a great love so deeply'.

64. *Vous croyez que tout est parti de cet homme?:* 'You think that everything started with that man (from Cahors)?'

65. *Il n'en reste pas moins:* 'The fact remains.'

66. *La menthe elle écrivait ça comme amante . . .:* In an article, 'Propos recueillis par Claude Sarraute' published in *Le Monde*, 20 October 1968, Marguerite Duras, in reply to a question about the title of the novel, is quoted as saying 'Il s'agit de la menthe, de la plante, ou, si vous préférez, de la chimie de la folie . . . elle (Claire) a tout désappris, y compris l'orthographe.' 'The chemistry of madness' has led to Claire's unlearning everything she had learnt and becoming thoroughly mixed up, even in her spelling (see note 75).

67. *'Ce n'est pas dans la forêt que j'ai tué Marie-Thérèse Bousquet, c'est dans la cave à quatre heures du matin':* Cf. p. 43. Note the difference in Pierre's quotation. He substitutes 'j'ai' for 'elle a été tuée'.

68. *Claire Lannes, vous habitez Viorne depuis quand?:* This third interview making up the novel takes place between Claire Lannes, now in prison, and the same interviewer as before.

69. *la communale:* 'l'école communale', the elementary school of the village.

70. *J'ai tout dit sauf pour la tête:* The whereabouts of the head of the murder victim remains a mystery. Cf. p. 33 ' — ou bien il [le criminel] a une raison personelle, morale, on dirait, de réserver à la tête un sort à part. Il peut être croyant, par exemple, ou l'avoir été.' A religious person might have tried to give the head a decent burial.

71. *J'ai fait ce que l'on fait d'habitude:* Since it is usual to bury the dead, at least in Catholic countries, one might assume that Claire buried the head, possibly in a cemetery, possibly in Paris. See note 72. Claire had been a believer: Cf. p. 104, 'Je croyais en Dieu à ce moment-là'.

72. *je suis allée jusqu'à Paris:* Cf. Pierre's testimony on p. 58 that one day after the disappearance of Marie-Thérèse his wife said she was going to Paris.

73. *Je suis descendue à la porte d'Orléans:* 'I got off at the Porte d'Orléans', either a bus stop or an underground station, the Orléans Gate being formerly one of the gates in the old walled city of Paris.

74. *vous avez envie que toute la lumière soit faite:* 'you would like to get it all sorted out'.

75. *des pieds d'amante anglaise, c'est ma plante préférée. C'est une plante qu'on mange, qui pousse dans des îles où il y a des moutons. J'ai pensé ça: l'amante anglaise, c'est le contraire de la viande en sauce:* Claire, in her madness, gets things muddled up while at the same time expressing in symbols what remains important to her. On p. 66 Pierre quoted Claire as having said: 'La menthe anglaise est maigre, elle est noire.' Marguerite Duras in a communication to the editors writes: 'Quand Claire dit: "C'est une plante maigre et noire", il y a, pour moi, l'auteur, un phénomène d'identification entre la plante et Claire – la plante maigre, noire, c'est Claire.' Here on p. 102, as on p. 88 'la chimie de la folie joue ici aussi: Claire confond tout avec tout: la menthe [mint sauce] qui se mange avec le mouton devient une plante qui pousse dans une île où il y a des moutons, etc.' Again, 'par la déformation du mot, Claire s'approprie la chose. — La menthe entre dans son univers. C'est chose à elle. Elle aime encore. Quoi? Cette plante, ce mot qui agit.' As she mixes up the words and the spelling, Claire reveals that she is still in love with the 'agent de Cahors' although she, or her love for him, is 'en glaise', i.e. 'in clay'; the image is of something solidified or buried.

76. *Je ne voyais que par lui après Dieu:* 'God came first but after that only his opinions counted.'

77. *Alors, autant se taire:* 'So, he might as well have said nothing.'

78. *Non, pensez-vous, non, quoi se dire?:* 'Good gracious, no, what was there to say?'

79. *ça fait un paquet:* 'it mounts up'.

80. *une histoire montée sur une autre montée sur une autre:* 'one story superimposed on another, and again'.

81. *Il fait encore chaud des enfants:* The classrooms were still warm from the bodies of the children—there was a fug.

82. *ce n'était pas mal trouvé:* 'it wasn't a bad idea'.

83. *Je ne voulais pas me faire prendre par la police avant d'être prise:* 'I didn't want to be caught out by the police before being arrested.'

84. *Ils m'ont fait défiler des questions, et je n'en ai reconnu aucune au passage:* 'They made a row of questions march past me and I did not recognize a single one of them as they went by.'

85. *Bazar de l'Etoile:* a 'Bazar' is a cheap store not unlike Woolworth's or a dime store in the U.S.A.

86. *A quoi ça vous sert de le savoir?:* 'What's the point of your knowing?'

87. *La Traviata:* Opera composed in 1853 by the Italian, Verdi;

libretto based on *La Dame aux Camélias* by Alexandre Dumas fils. Cf. p. 117.

88. *on aurait repris l'amour, Cahors, mais il n'est pas venu:* Claire explicitly identifies love with Cahors and with Alfonso but Alfonso disappointed her.

89. *Et les enfants? ça pousse?:* 'And how are the children? Coming along?'

90. *Quand ça ne va pas, on fait aller:* 'If things aren't going right, give them a kick in the pants, or something . . .'

91. *c'est toujours ça, pour rétablir l'équilibre de la cave:* 'it's at least something to counterbalance what was done in the cellar'.

92. *à tout savoir, jour par jour:* 'knowing everything, day after day'.

93. *on ne peut pas s'empêcher de leur dire:* 'to tell them' means 'to tell the police'.

94. *Alors Alfonso s'est avancé au milieu du café et il a dit:* Cf. p. 43 for the transcript of the tape recording in which there is no mention of Alfonso speaking. Cf. also p. 90 for Pierre Lannes' recollection of what his wife said. On p. 43 Claire does not say 'I killed Marie-Thérèse' but 'she was killed'. Pierre remembers her as saying 'I killed . . .'.

95. *Et le panier, où le mettre?:* Presumably the basket in which the pieces of the dismembered body were carried to the viaduct.

96. *On ne peut plus revenir là-dessus:* 'There's no getting over the fact.'

97. *Je suis dans la section des criminelles de Droit commun:* 'I am in the section where the ordinary law offenders are.' 'Droit commun' cannot strictly be translated as 'common law', i.e., unwritten law based on custom. It may perhaps be rendered as 'ordinary law' although this is not an English legal term. Claire as a murderess will have been prosecuted under the Criminal Code: apparently she is in a section of the prison together with prisoners convicted under the Civil Code for offences such as drunkenness, fraud, slander, embezzlement and petty offences. Such offenders might well be interested in a murderess.

Bibliography

I. WORKS BY MARGUERITE DURAS

1944   *La Vie tranquille*, Gallimard. Roman.

1950   *Un Barrage contre le Pacifique*, Gallimard. Roman.

1952   *Le Marin de Gibraltar*, Gallimard. Roman.

1953   *Les Petits Chevaux de Tarquinia*, Gallimard. Roman.

1954   *Des Journées Entières dans les Arbres*, Gallimard. Recueil de nouvelles: 'Des journées entières dans les arbres', 'Le boa', 'Madame Dodin', 'Les chantiers'.

1955   *Le Square*, Gallimard. Roman.

1958   *Moderato Cantabile*, Editions de Minuit. Roman.

1960   *Les Viaducs de la Seine-et-Oise*, Gallimard. Pièce.
        Dix heures et demie du soir en été, Gallimard. Roman.
        Hiroshima mon amour, Gallimard. Scénario et texte de film.

1961   *Une aussi longue absence*, Gallimard. Scénario et texte de film, en collaboration avec Gérard Jarlot.

1962   *L'Après-midi de Monsieur Andesmas*, Gallimard. Roman.

1964   *Le Ravissement de Lol V. Stein*, Gallimard. Roman.

1965   *Théâtre I*, Gallimard. Pièces: 'Les eaux et forêts', 'Le Square', 'La Musica'.

1966   *Le Vice-Consul*, Gallimard. Roman.

1967   *L'Amante anglaise*, Gallimard. Roman.

1968   *Théâtre II*, Gallimard. Pièces: 'Suzanne Andler', 'Des journées entières dans les Arbres', 'Yes, peut-être', 'Le Shaga', 'Un homme est venu me voir'.

1969   *Détruire dit-elle*, Editions de Minuit. Roman.

1970   *Abahn, Sabana, David*, Gallimard. Roman.

2. A SELECTION OF BOOKS, ARTICLES AND INTERVIEWS CONCERNING MARGUERITE DURAS AND 'L'AMANTE ANGLAISE'

Bourdet, Denise, 'Marguerite Duras', *La Revue de Paris*, novembre 1961, pp. 129–32.

Bourin, André, 'Marguerite Duras. Non je ne suis pas la femme d'Hiroshima', *Les Nouvelles Littéraires*, 18 juin 1959, no. 1659, pp. 1, 4.

Bratton, John Scott, 'The Novels of Marguerite Duras', *Diss. Abstr. 29* (1968–69). Thèse Columbia University 1968.

Chapsal, Madeleine, *Quinze Ecrivains en personne*. Paris, Juliard, 1963. Recueil d'interviews (y compris M. Duras).

Cahiers Renaud-Barrault, no. 52, décembre 1965, Gallimard. No. spécial: *Marguerite Duras*.

Cohen, Alain, 'La Dialectique du Solipsisme et de l'Altérité dans l'Oeuvre de Marguerite Duras' (Essai de phénoménologie critique), *Diss. Abstr. 30* (1969–70). Thèse University of California, Los Angeles 1969.

Fletcher, John, 'European Confrontations. Ivy Compton-Burnett, Nathalie Sarraute and Marguerite Duras', in John Fletcher, *New directions in literature*. London, Calder, 1968, pp. 154–161.

Fossey, Jean-Michel, 'Interview with Marguerite Duras', *The Paris Magazine*, no. 1, October 1967, pp. 18–21.

Langley, Lee, 'Marguerite Duras—irreligious Salvationist', the *Guardian*, no. 37, 996 (7 September 1968). Interview.

Nourissier, François, 'L'Amante anglaise', *Les Nouvelles Littéraires*, no. 2064 (23 mars 1967).

Nyssen, Hubert, 'Les énigmes de l'écriture 3. Duras, un silence peuplé de phrases'. Propos recueillis et commentés, *Synthèses*, nos. 254–5 (août/septembre 1967), pp. 42–50.

Olivier, Claude, 'Les mots infirmes. *L'Amante anglaise* de Marguerite Duras à la salle Gémier, T.N.P.', *Les Lettres Françaises*, no. 1264 (31 décembre 1968).

Poirot-Delpech, B., '*L'Amante anglaise* de Marguerite Duras', *Le Monde*, no. 7448 (24 décembre 1968), p. 19.

Sarraute, Claude, 'Entretien avec Marguerite Duras, *L'Amante anglaise* ou la chimie de la folie'. Propos recueillis par C. Sarraute, *Le Monde*, no. 7445 (20 décembre 1968), p. 12.

Seylaz, J.-L., *Les romans de Duras*. Archives des Lettres Modernes, no. 47, Paris 1963.

Wall, Stephen, 'The Corpse in the Cellar', the *Observer*, 5 May 1968, p. 27. (On translation of *L'Amante anglaise* into English.)

3. SOME CONTRIBUTIONS TO THE STUDY OF THE 'NOUVEAU ROMAN'

a) *by some of its representative writers*
Butor, Michel, *Essais sur le roman*, Collection Idées. Gallimard 1969.
Robbe-Grillet, Alain, *Pour un nouveau roman*, Les Editions de Minuit 1963.
Robbe-Grillet, Alain, 'Le "Nouveau Roman"', in *Dictionnaire de littérature contemporaine 1900–1962*, sous la direction de Pierre de Boisdeffre. Editions universitaires, Paris 1962.
Sarraute, Nathalie, *L'Ere du Soupçon*. Essais sur le roman. Gallimard 1956.

b) *by some critics*
Astier, Pierre, *La Crise du Roman Français et le Nouveau Réalisme*. (Essai de synthèse sur les nouveaux romans). Nouvelles Editions Debresse, Paris 1968.
Wilhelm, Kurt, *Der Nouveau Roman*. Ein Experiment der französischen Gegenwartsliteratur. Erich Schmidt Verlag, Berlin 1969.
Sturrock, John, *The French New Novel*. O.U.P. 1969.

Vocabulary

abattu: dejected, dispirited

aborder: to tackle, grapple with

aboutir: to lead to, end in

l'abri (m): *à l'abri de*—proof against

l'abruti (m): fool, idiot

accabler: to crush, overwhelm, overcome

s'accommoder de qch.: to make the best of something, put up with something

être d'accord: to agree

l'acharnement (m): relentlessness, fierce attack

l'achat (m): purchase

admettre: to admit, permit

faire l'affaire: to do, answer the purpose

avoir affaire à: to be concerned with, deal with, be up against

laver ses affaires: to wash one's things

d'affilée: at a stretch/time, on end

l'affolement (m): panic

agacer qu.: to annoy, irritate, get on someone's nerves

aigu, aiguë—la voix aiguë: shrill, piercing voice

les aliments (m.pl.): food

l'alliance (f): wedding ring

s'amener: to turn up, appear

annoncer: to herald, indicate, foretell

appartenir: to belong

arracher: to pull up

s'arracher de: to tear oneself away from

s'arranger: to manage, contrive

arriver: to happen

s'attendre à qch.: to expect something

l'aubaine (f): godsend

pour autant: for all that, all the same

avaler: to swallow

l'aventure suivie (f): steady/sustained affair

l'aveu (m): confession

aveugle: blind

aveugler: to blind

l'avis (m): notice, announcement, opinion

l'avocat (m): lawyer

avouer: to admit

se balader: to stroll, walk around

la bande (enregistrée): tape

la barbe—quelle barbe!: What a bore! How boring!

bavarder: to chatter, gossip

beau—avoir beau faire qch.: to try in vain; *j'ai beau chercher:* however much I try to

bercer: to lull

la berge: (railway) embankment

la bêtise: silly/stupid thing, silly talk, rubbish, stupidity

bifurquer: to fork, divide, go off the rails, deviate

bleu marine: navy blue

le bœuf: ox, bullock

la boucherie: butchery

bouger—ça n'a pas dû bouger beau-coup: there can't have been much change

se braquer: to be stubbornly resistant

brouiller les pistes: to throw off the scent

le brouillon: rough draft

brûler: to burn

le buffet: sideboard

le bureau: office

le car: coach, (country) bus

le mètre carré: square metre

le cauchemar: nightmare

la cave: cellar

le célibataire: bachelor

le chagrin: grief

la chance—Pas de chance: Bad luck

la chemise de nuit: nightdress

le chiffon: rag

le chiffre: figure, number

chiper: to pinch, swipe, steal

la chose—parler de choses et d'autres: to talk about one thing and another

la cicatrice: scar

le ciment—le banc en ciment: concrete bench/seat

circuler: to move about

la cire: wax

ciré—un sac en ciré noir: a black imitation leather handbag

la clef—fermer à clef: to lock up

se cogner contre: to run up against

la coiffure: hair style

être coincé: to be cornered/squeezed in

coiffé: hair done, tidied

collé: stuck

le commerçant: shopkeeper

la commodité: convenience; *une*

sorte de commodité: a kind of convenient arrangement

la commune: parish

communier: to partake of the sacrement

la concierge: portress, caretaker

concorder: to tally

le concours: competitive examination

confondre—je dois confondre: I may be wrong, I may have mixed it up

le congé: holiday, leave

le jour de congé: day off

le Conseil municipal: town council

contrarier: to thwart, annoy

le copain: friend, chum

la corpulence—de corpulence assez forte: fairly stoutly built

la coucherie: going to bed (with one another)

couler: to flow

le coup de fusil: rifle shot

coupable: guilty

la coquetterie: flirtatiousness

le couloir: corridor

le courant d'air: draught

être au courant de qch.: to know about something

mettre qu. au courant: to keep someone informed

le coureur—trop coureur: too much of a play-boy

les courses (f.pl.): shopping

faire les courses: to go shopping

le couvercle de plomb: leaden lid, cover

la couverture: blanket

cracher: to spit

la cravate: tie, scarf

créer qch. de toutes pièces: to create something out of nothing

crever: to die

criblé: riddled, stuffed full

être croyant: to be a believer (in a religious faith)

faire la cuisine: to cook

dare dare: quickly, post-haste

débarrasser: to rid

se débarrasser de: to get rid of

déborder: to overflow, extend

les débris humains (m. pl): human remains

le début: beginning

décapiter: to behead

la déception: disappointment

déchirer: to tear up, destroy

se déclencher: to be triggered off, set going

découper: to cut up

découragé: despondent, depressed

le dégoût: disgust, loathing, dislike

dénoncer: to expose, make known, denounce

le déplacement: transfer, journey

dérailler: to go off the rails

déranger: to upset

le dessin: design

devenir—ce qu'il devenait: what had happened to him, how he was getting on

deviner: to guess

dire—pour ainsi dire: so to speak, as it were

le discours: speech

tenir un discours à dormir debout: to make a boring speech

la domestique: maid, servant

donner—ça n'a rien donné: nothing came of it, it didn't work out

de dos: from behind

le double: duplicate

l'échalas (m): hop-pole, spindle-shanks, bean-pole

éclater: to explode, burst

s'écrouler: to collapse, fall through, flop, fall in ruins

effectivement: in actual fact, really

s'efforcer: to make an effort

effrayé: frightened

égal — ça lui était égal: she didn't care

l'égard (m) — *à mon égard:* as regards me, concerning me

l'égout (m): drain, sewer

avec l'éloignement (m): viewed in retrospect

élu: elected

s'empêcher de: to refrain from; *Je ne pouvais pas m'empêcher:* I could not help

les empreintes digitales (f.pl.): finger prints

l'enchère (f): auction

enfermé: confined, shut in/up, enclosed

l'ennui (m) — *éviter des ennuis:* to avoid trouble

s'ennuyer: to be bored

enregistrer: to record; *la bande enregistrée:* tape recording

s'entendre: to get on well

l'entente (f): understanding, getting on well

l'enterrement (m): burial, funeral

enterrer: to bury

l'entourage (m): surroundings, circle (of friends)

entraîner: to draw, carry along, drag

l'éponge (f) — *passer l'éponge:* to say no more about it

l'équipe (f): team, gang

une équipe de policiers: a police squad

l'étang (m): pond

l'état (m): state

et caetera: etcetera, and so on

éteindre: to extinguish, put out

étranger: alien, unknown, strange

l'étude (f): study; *Vous avez fait quelles études?:* What education did you have?

s'évanouir: to faint

exiger: to demand, insist

exténué: exhausted

la façon (f)—*de toute façon:* at any rate

le faible: weakness

le fait—de mon fait à moi: of my own accord; *cela est de mon fait:* that is my doing

les faits divers: news in brief

au fait: by the way

du fait que: owing to the fact that

farouche: wild, unsociable

faux: false, untrue

le fer: iron

la fermeture: closing time

se ficher de qch.: not to care a bit about something

le fil: thread

filer—Allez, file au jardin: Buzz off into the garden

fin: smart, clever, refined

le flic: cop, detective

la foi—être de mauvaise foi: to be dishonest, insincere

la folie: madness

le fonctionnaire: civil servant

le fond: root, heart, base

au fond: at heart, at bottom

à force: (here) therefore, so

forcément: inevitably

se formaliser: to take offence

le fou: madman

un temps fou: ages

foudroyant: overwhelming, terrifying, crushing

fouiller: to rummage

la fourmi: ant

le fourneau: stove

le gâchis—Quel gâchis: What a mess

le garde champêtre: country policeman

le garde-fou: guard-rail, parapet

se garder de faire qch.: to take care not to do a thing

gênant: embarrassing

la Gendarmerie: police station (see notes)

la gêne: uneasiness, embarrassment

gêner: to upset, worry

la glaise: clay, loam

la gorge: throat

le goût: taste

prendre goût à qch.: to develop a taste for something, to take to something

goûter: to taste

la graisse: grease, fat

grâce à: thanks to

le gras: fat

le grenier: attic, garret, granary

la grossièreté—dire des grossièretés: to be offensive, rude

le grouillement: swarming

grouiller: to swarm, crawl, teem, be alive

l'habitué (m): regular customer

la haie: hedge

le hasard: chance

à tout hasard: on the off-chance

l'humeur (f): mood

hurler: to howl, yell

la jupe: skirt

ignoré: unknown

ignorer: to know nothing

le petit illustré: picture paper, 'comic'

l'immeuble (m): block of flats

l'imperméable (m): rain-coat, mackintosh

importer—C'est votre avis qui importe: It is your opinion that matters

n'importe qui: no matter who, just anyone

l'incendie (m): fire

insensé: mad, senseless

instruit: educated

à votre insu: unknown to you, without your knowledge

interdire: to forbid

interdit: taken aback, nonplussed

interdit par la loi: forbidden by law

invraisemblable: unlikely, improbable

jouer: to play, work, act

le petit jour: dawn, half-light

jurer: to swear

la laiterie: dairy

la larme: tear

la lecture: reading

le lieu: place

s'il y a lieu: if need be

qu'il y ait lieu de: whether there is any reason for

lisible: legible

lourd: heavy

avoir des formes lourdes: to be heavily built

la lumière—faire la lumière sur qch.: to clear up, sort out something

les lunettes (f.pl.): spectacles, glasses

le magnétophone: tape-recorder

maigre: meagre, sparse, poor

la mairie: town hall

mal—avoir du mal: to find it difficult

mettre en marche: to set in motion, get going, start

le marché—par-dessus le marché: as well

maritalement: in wedlock

marquer—marquer son âge: to show one's age

le martyre: martyrdom

la méchanceté: malice, spitefulness, wickedness, naughtiness

se méfier: to be on one's guard, beware

le mélange: mixture

se mélanger: to mix, mingle, blend

se mêler de qch.: to take a hand in, join in, interfere

le ménage: household, housekeeping

faire le ménage: to do the cleaning

le mensonge: lie

la menthe anglaise: peppermint

mentir: to lie

la merveille: wonder; *une merveille de la vie:* one of the wonders of life

le métier: trade, profession, business

mettons: let's say

le meurtre: murder

le moellon: quarry stone

du moment que: seeing that . . .

*le moral—le moral était bas—*here: they felt in low spirits, depressed

muet: dumb

la naissance: birth

nettoyer: to clean, cleanse

nier: to deny

le noir: dark

la nourriture: food

demander des nouvelles de qu.: to ask

after someone/after someone's health
moyen: average

ordonné: tidy, orderly
originaire de: native of
l'orthographe (f): spelling
l'os (m): bone

les passages (m.pl.): region, locality, house
pareil: similar, like that, the same
la paresse: laziness
la part—en mauvaise part: ill intentioned
le pas de la porte: door-step
le passage—signaler qch. au passage: to indicate, point out in passing/ at the time
passer: to look in; *il n'est pas passé:* he didn't get in
passer aux actes: to proceed to act, actually to do something
se passer de: to do without
passer pour: to be considered
le pavillon: detached house, lodge
la paye: wages
la peau: skin
pencher: to lean
pénible: painful, distressing, unpleasant
la pente: slope, incline
permettre qch.: (here) to make possible
peser: to hang, weigh, press (upon)
le piège: trap
placer—être placé: to have a job, be employed
le poids: weight, burden
poignarder: to stab
la poitrine: chest
le car de police: police-van

la porcherie: pigsty
porter sur qch.: to relate to something
le poste—le poste de police: police station
le poste de télévision: T.V. set
le potager: kitchen garden, vegetable patch
la poubelle: dustbin, trashcan
la poussière: dust
préciser: to state explicitly, specify
la Préfecture de Police: Police headquarters (see note)
se présenter à: to stand for (e.g. election), sit for (e.g. examination)
la preuve: proof
prévenir: to warn
prier—je vous en prie: please do
la prière des morts: prayer for the dead
se produire: to happen
les propos (m.pl.): talk, matters
la propreté: cleanliness
les provisions (f.pl.)—*le sac à provisions:* shopping bag
la pudeur: modesty, propriety, sense of decency
le puits: well
la putain: prostitute

quand et quand: exactly when
la queue—C'était sans queue ni tête?: You could not make head or tail of it?

se rabattre sur qn.: to fall back on someone, make do with someone
se raisonner: to be reasonable
la rampe: bannisters, handrail
ranger les classes: to tidy up the classrooms

le *rapport:* connection, relation, relationship

par *rapport à:* with respect to/regard to

se *rattraper:* to recover oneself, to check oneself

le *récit:* account, story, narrative

reconnâitre: to acknowledge, admit, recognize, realize

le *recoupement ferroviaire:* cross-checking by the railway authorities railway network

la *réflexion—je m'en suis fait la réflexion:* I wondered about it

la *reine:* queen

relancer: to start up again

la *relégation à vie:* life imprisonment

remettre ça: to stand/buy another round of drinks

se *rendre compte:* to realize

se *renseigner:* to make enquiries

le *répit:* respite

le *repos—la maison de repos:* nursing home, home

reprendre: to take over again, return to, start up again

résonner: to re-echo

ressortir: to stand out (in contrast), re-emerge

le *ressortissant:* (here) inhabitant

rester sur place: to stay put

rétablir: to retrieve, correct

s'y retrouver: to make sense of something

le *rêve:* dream

le *revenu:* income

rêver: to dream

le *rez-de-chaussée:* ground-floor

le *sable:* sand

sain: healthy

sale: dirty

le *sang:* blood

le *savoir:* knowledge, learning, ability

à *savoir:* namely

en *savoir long:* to know a lot about it

la *scie:* saw

le *secours:* help

Au secours!: Help!

faire semblant: to pretend

le *sens des portes:* direction in which the doors open

sensible: sensitive, sympathetic

avoir un sentiment pour qu.: to feel attracted to someone, feel an attraction to someone

le *service médico-légal:* department of forensic medicine

la *femme de service:* cleaner, attendant

la *serviette:* brief-case

se *servir de qch.:* to make use of something

le *signalement:* description, particulars

soigner: to care for, look after

soit . . . soit: be it . . . or, either . . . or

le *sort:* fate

soucieux: anxious, worried

la *souillon:* slut

le *soupçon:* suspicion

soupçonner: to suspect

sourd: deaf

le *souvenir:* memory, remembrance

spontané—le crime spontané: unpremeditated crime

supporter: to put up with, endure

se *supprimer:* to do away with oneself, commit suicide

sursauter: to start, give a jump

surveiller: to look after, supervise

se *surveiller:* to mind one's P's and Q's

la tache: stain, spot, bruise, mark
la tache de naissance: birthmark
la taille moyenne: medium height
se taire: to be silent, keep silence/ quiet, shut up, not say anything
le talus: embankment
tant pis: Well, that's it! Never mind, no matter
en tant que: in so far as
taper sur les nerfs à qu.: to get on someone's nerves
un tel: such and such a person, such a one
témoigner: to bear witness
tenir à faire qch.: to make a point of doing something
tenir à qch.—elle n'y tenait pas: she didn't care to
tenir debout: to make sense (of a story)
la tenue: dress, what he was wearing
tiens!: Really!
le titre: head-line, title
le tour de clef: turn of the key, locking action
faire un tour: to take a trip
la tournée: (here) round of drinks
tout(es) seul(es): spontaneously, (of their own account)
avoir tout son temps: to have plenty of time, all the time in the world
traîner: to loiter, dawdle/potter, be about, stick
laisser traîner qch.: to leave something lying about
se traîner: to drag oneself along
avoir trait à qch.: to refer to something
le trajet: journey
trapu: thick-set
le trimard: tramp
tromper: to deceive

le trottoir: pavement
la trousse de toilette: sponge bag, make up bag
la trouvaille: find, (here) discovery of a means of disposal
trouver—c'est bien trouvé: it is a good idea, well conceived
le tueur: killer

la vaisselle: crockery
faire la vaisselle: to wash up
valoir—pour elle tout se valait: it was all the same to her
le vélo: bike
tenir le vestiaire: to be in charge of the cloakroom
la viande en sauce: meat in gravy, stew
faire la vie: to lead a fast life
la vitre: window pane
la voie—par la voie de la presse: from press reports
voir—ça n'a rien à voir avec le crime: that has nothing to do with the crime
le voisin: neighbour
à voix haute: aloud
le vol: flight
le volet: window shutter
vomir: to be sick, vomit
en vouloir à qu.: to bear a grudge against someone
voulu: intentional
vu (preposition): in view of, considering

le wagon de marchandise: goods wagon/truck

les yeux—tenir les yeux baissés: to keep one's eyes down